牛背梁上望長安

徐祯霞　著

中国画报出版社·北京

图书在版编目（CIP）数据
牛背梁上望长安 / 徐祯霞著 . -- 北京 ：中国画报出版社，2025. 5. -- ISBN 978-7-5146-2120-4
Ⅰ. I267.1
中国国家版本馆 CIP 数据核字第 20258EW316 号

牛背梁上望长安

徐祯霞　著

出 版 人：方允仲
责任编辑：程新蕾
责任印制：焦　洋

出版发行：中国画报出版社
地　　址：中国北京市海淀区车公庄西路 33 号　邮编：100048
发 行 部：010-88417418　010-68414683（传真）
总编室兼传真：010-88417359　版权部：010-88417359

开　　本：16 开（710mm × 1000mm）
印　　张：12.25
字　　数：200 千字
版　　次：2025 年 5 月第 1 版　2025 年 5 月第 1 次印刷
印　　刷：三河市中晟雅豪印务有限公司
书　　号：ISBN 978-7-5146-2120-4
定　　价：66.00 元

文学要有光（自序）

天地没有光，则乾坤难分。夜晚没有光，则星月无影。

注定，我们这个世界离不了光。没有光，昼夜无法区分，万物难以生长，四处都是茫茫无边无际无涯的黑暗，就算不是世界末日，那也是一件非常可怕，或者是让人类绝望透顶的事。

光是什么？光是明亮，光是温暖，光是希望，光是大自然的精灵，光是万物的生长剂，光让生命钙化，坚强，并充满希望和力量。

自然界离不开光，而我们的心灵，也一样离不开光。可能会有人要问，心灵的光来源于哪里呢？它来源于我们这个社会的道德秩序，来源于中华五千年的文明，来源于诗书礼仪，来源于做人必须遵从的良知以及道德底线。

有了光，我们的内心便有了光明，如日月普照，清清朗朗。我们清楚地懂得：什么是我们该做的，什么是我们不该做的；什么是我们该说的，什么是我们不该说的。我们必须知道：怎样做，使自己成为一个对家国有益的人；怎样做，可能让我们走上歧路，迷途难返，从而毁了我们这弥足珍贵的一生。

可见，光对于万物的重要，尤其是有着复杂心理思维的人类。很多人做错了事，走错了路，就是因为缺少光，或者在他或她成长的重要阶段，缺少足够的光照亮，才让他或她误入迷途。光是一种指引，是一种诱导，是一种向往，它可以带着人类走向理想的境地。因为这光，让人获得理性和智慧，它让人类向善向真向美，向着一种越来越文明、越来越高尚有序的方向发展，而这，是人类最终应该进入的理想国。

中华五千年的文明史，多是靠书典传播的。重要的书典有两类，一类是科学，一类便是文学。而人类心灵的光，便是通过古今道德文章来传播的。而在当今，传播光，散播光，显然，就成了当代作家义不容辞的使命和责任。

如果一个作家没有写出于人类社会和心灵有价值的诗词文章，那么是不能称为一个作家的，或者说是不能称为一个严格意义上的作家的，充其量，只不过是一个玩弄文字的匠人而已。

或许，会有人说，写文章是我个人的事，我想写什么就写什么，为什么非要强加以道德捆绑？在这里，我想说，如果你的文字纯粹是写着玩，自我娱乐，那么你可以写，自己欣赏、自我陶醉就好了，但不必公之于众。如果公之于众，那么写文章便不仅仅是你个人的事情了，它就是社会层面、公众层面的事了。你要对社会负责，对公众负责，因为它会影响公众，甚至会误导公众，让人难以明辨是非，无法厘清是非曲直，甚至不以恶为耻，反以恶为荣，这就很可怕了。这种作家，应该算作是人类社会的“罪人”，因为，他不能引导一种良好的社会风尚，而是让一种恶劣的社会风气四处泛滥、漫溢。

常常想，作家应该是一个神圣的职业。一个灵魂不高尚的人，是难以成为一个优秀的作家的。就拿鲁迅和周作人来说，两个人的文采都很优秀，可为什么鲁迅的文章会有那么大的影响力，就因为，鲁迅一直站在人文关怀的角度去看待这个世界，发出雄狮般的呼号和呐喊，从来没有想要自己独守一隅而苟安。弃医从文，就是为了救赎和拯救人类迷失和不知所向的灵魂。而周作人，只是站在人生的十字路口凝望和徘徊。两个人境界的不同，高度的不同，决定了二人作品的天壤之别。在这个世界上，有两类人可以被称为人类灵魂工程师，一类是老师，另一类是作家。老师，是人生的某一特定阶段性的；而作家，却纵横古今。如果一个作家不能给人类带来精神上的财富，那么就尽量为社会减少一些文字垃圾，这也算是在为社会作贡献。时下，一些极端的、幽暗的、无病呻吟的内容或许会畅销，但是，却败坏了社会风气，也是误导青少年的重要因素。

俗话说："文能安邦，武能定国。"打天下，需要武力，但治理国家却需要依赖文化和道德的力量。可见，文化的力量、文学的力量，实是不可小视的。而作为作家的我们，更应该义不容辞地挑起这个精神大梁，以文字来完成一轮轮心灵的救赎，让文学为人类的文明、社会的进步、世界的和谐和安定发出千秋之光。

2008 年，汶川大地震时，我被惊骇了。看到那满目的废墟，淋漓的鲜血，我的心被深深地刺痛了，同胞的生命唤起了我内心深深的悲悯，我毅然决然地拿起笔，希望用手中的笔唤起生者的希望和意志，鼓起他们重新生活的勇气和信心。也正是在那一年，我在博客中提出了一个文学理念：用文字照亮世界，照亮人心，照亮未来人类的生活。而在这十余年的写作历程中，我一直践行着这一个理念，希望文学是一束光，穿透困境和迷茫，把人心和世界照亮。

人心要有光，生活要有光，世界要有光！

而文学，必须要有光！！

目 录

牛背梁上望长安

人们都说站在牛背梁可以望见长安城。初听这话，我是不信的，但是这种好奇与疑惑却留在了我的心中，总也挥之不去。

在后来的日子，我总想找一个机会登上牛背梁顶，以证实所听的传言究竟是实是虚。

在一个初秋的日子里，我约了几个喜欢登山的朋友，决定将牛背梁一登到顶。

秋天的牛背梁就像是一个水墨大师用多彩的画笔画出的一幅巨大山水画卷，浓墨重彩地铺陈在我们的面前，红的、黄的、绿的，深深浅浅的颜色交织在一起，五彩斑斓，缤纷美丽。它又像是一个盛装的女子，披着七彩的霞衣，风姿绰约地挺立在那里，让你禁不住对她神往，为她心动。

我们将车开至六尺岭入口处，下了车，直登南天门。原以为登上了南天门，就上到了牛背梁顶。其实不然，到了南天门，离真正的牛背梁顶还有十里之遥。我们远望牛背梁，有点怯，但是又无法遏制心中的那份好奇与向往。

我们铺开报纸，在南天门下坐下，歇息片刻。抬头瞥见南天门两行巨大的篆体字书写的楹联：南瞻北望峰林琼花天下山水归秦岭，星移斗转白云碧汉牛背日月佑长安。

我立时被此联宏大的气势所震慑。秦岭素有“中华父亲山”的美誉，而牛背梁位于秦岭东段最高峰，此联既写出了秦岭美不胜收的自然景观，又道出了牛背梁在蓝天白云映衬下的那种挺拔与伟岸。

读罢此联，越发地使我想登上牛背梁，一解心中之惑。

我们吃了些面包，喝了一些矿泉水，又开始了我们的牛背梁之旅。在经过了近三个小时的跋涉之后，我们终于走近了真正的牛背梁，那一刻，我扔下手中的木棍，一路小跑着向山顶冲去，朋友们在后面喊："小心点！"而我迫切的心情又怎能顾及那么多。

当我终于站在牛背梁顶，眼前却空旷成一片，攀登了一天的牛背梁，在我的脚下蓦然小了下去，此时，我方真正体会到了杜甫登上泰山吟出的那句"会当凌绝顶，一览众山小"，那种豪迈、广阔与辽远，让人的心一下子变得无限开阔。

头上蓝天白云，脚下山峦堆叠，置身于这高山之巅，心中顿时涌起一股无限的豪情，天地之大，舍我其谁。

我放眼远方，寻觅几度惦记，几度猜测，又几度魂牵梦萦的长安。远处，在苍茫的天际，我看见了，在那云天相接的地方，有一处宽大的城郭，高低错落的楼房，道路交错，阡陌纵横，仿佛是人间的海市蜃楼，又仿佛是天上的琼台宫阙，在云霞雾霭中若隐若现，却又清晰可辨。朋友说，这便是长安。

哦，我惦记了这么久的长安，今天终于看到了，竟然是真实的、不容置疑的。牛背梁，真是个神奇的地方！

当年汉高祖刘邦灭秦，建立了西汉，定下新都，取名"长安"，得的便是原长安乡的名，现易名长安县，取其"长治久安"之意，希望国家昌盛，人民安居。

西汉一共经历了 12 个皇帝，此时的中国，文化鼎盛，社会经济、对外交往日益频繁，成为世界上强盛的国家之一。

站在牛背梁上，我的心情跌宕起伏，我们的国家、我们的民族曾经经历了无数的劫难，人民的身心饱受摧残。

从清末到民国，再到蒋介石发起内战，一百多年的时间，内忧外患，中华大地无数生灵涂炭，山为之悲，水为之泣，牛背梁默默地屹立着，用它那博大的赤子情怀见证了中华民族的沧桑岁月。直到中华人民共和国成立，人民才算过上了安居乐业的生活，工业、农业、商业等方面快速稳步向前发展，逐步实现了国富民强的宏愿。

俗话说：打江山难，守江山更难。如何使我们先辈辛辛苦苦打下的江山能够万代永存？如何使我们社会主义国家能够千秋永固？如何使中国共产党的江山得以长治久安？

这是一个相当大的话题，不是一个人的事，也不是一个家庭的事，它是中华民族的事。居一隅不足以安天下，一个人的安乐不算是安乐，一个人的幸福也不能算是幸福，只有整个社会达到了高度的和谐和统一，那才是真正意义上的安乐与幸福。

我们都想安享长乐，可谁能保证我们的生活能永远长安？而这，则需要我们每一位国人有强烈的主人翁意识，有民族忧患意识，时时以国为家，以家为国。

人无远虑，必有近忧；国无远虑，将有祸至。我们不仅要防御外强，我们更要加强自身的素质建设。

一棵树，叶子死了，来年还可以长出新芽，如果树根和树干遭到了侵害，那么整棵树就会有危险，所以我们无论如何都要保护好它的主脉，别让它受到虫蚁的咬食，这样才能保证这棵大树永远枝繁叶茂，永久长青。而我们的国家，又怎么不是如此呢？

昔日，隐伏在秦岭山脉中的牛背梁，也只是一座苍莽的大山，带给人无限的神秘，令人心生敬畏，无法走近它，也无法窥到它的全貌，它就像是一块充满魔力的磁石，吸引着一代又一代的人去探寻。

前几年，西康高速公路的开通，无疑为人们走进秦岭开辟了一条绿色通道，人们相继走进秦岭山中，在这里观光赏景，流连忘返。这令处在秦岭腹地山城柞水的人们思考起来，何不为游客提供一个真正走进秦岭的机会，一解人们的千年之惑？

经过专家的考察论证，牛背梁便被选作让人们走进秦岭、了解秦岭的最佳切入点。它高居秦岭山脊之上，仅种子植物就达3400余种，加上蕨类和苔藓类植物总数达3800余种，有140多种兽类动物、338种鸟类，物种丰富，植被葱茏，气候变化极大，有“一日历四季”之说。

当地政府历时三年之久，开辟了一条走进秦岭的人行步道，使尘封千年的秦岭牛背梁终于在世人面前揭开了它神秘的面纱。

此刻，望着脚下雄伟高峻的牛背梁，眺望蓝天白云下朗朗的长安城，我从心里发出一声长叹：牛背梁啊牛背梁，你可知你身上背负着怎样的重量？那可是十三亿国人的向往！

（原文刊载于2010年8月30日《西安日报》，入选中学语文试题，入选《最美经典游记文》一书，曾获得中国旅游散文二等奖。）

路中间的一棵树

我是一棵树，路中间的一棵野生核桃树，我在这条路上生长了多少年，以我的年轮计算，少说也该有一百年了吧。

说到野生核桃树，多数人是不认识的。它没有饱满的叶片，没有鲜艳的花朵，甚至也没有浑圆的果实，在不认识和不了解的人眼里，常被误认为是漆树，或者是臭椿树。因为，它们跟人们常吃的核桃的树不同，又因为野生核桃多生在深山老林中，多数人难得一见，他们并不认识这种树，也没人理睬这种树，就算有认识的人，他们也会觉得野生核桃的壳太厚太坚硬，想要吃到里面的一点果仁，要费上一番力气。山里人有句口头禅“三棱子核桃要砸着吃”，说的便是这种野生的核桃。就算是费好大的力气将其砸开，也不能轻松地剥出里面的果肉，更何况壳厚了，果肉便少。就算是没有多少果肉，还得要用针及铁丝，或者是小刀掏着吃。及至掏出，果肉也成了小米粒，既没有吃相，也没有看相，费神费力太不划算。因此吧，这种野生的核桃，一般多是自生自灭，春生秋落，或者成为一些鸟雀和松鼠的口腹之食。

我作为长在牛背梁这样的高山峻岭上的一棵核桃树，多少年来，几乎无人问津，当然，我也是很少有机会见到人的。我寂静地生，寂静地长，寂静地长在这深邃幽静的秦岭山中的牛背梁。没有人知道我的欢乐，也没有人懂得我的孤寂，就这样，从春到秋，从冬到夏，在岁月的更迭中，增加着我一圈一圈的年轮。

春天，我会开出不起眼的小花，细细的，碎碎的，暗淡的黄绿色，像一条条并不被人们喜欢的毛毛虫，遍布在枝叶之间，没有明亮的颜色，也没有鲜艳的花朵，更没有芳香的味道，甚至还带着一点淡淡的苦涩。我引不起人们的注意，就连蝴蝶和蜜蜂，也很少到我的跟前来，它们只喜欢鲜艳的花朵，追逐芳香的气味。

我已经习惯了这种寂静和孤独。可是有一天，牛背梁上来了一群人，说是要在这里开发一个森林公园，他们在这座山上跑上跑下，跑出跑进，也在我的身边跑来跑去，最后，一伙人在我的身边站住，研究我的去留问题。有人说，这个地方要修条路，这棵树正长在路中间，碍事儿，应该将它砍掉。一个年龄稍长的长者开腔说："这棵树应该留下，虽然野生核桃不是名贵的树种，但这棵树少说也有上百年的树龄了，砍了挺可惜的。咱们建的是生态公园，就是在不破坏原有植被的情况下进行原生态建设。"于是，我就这样被保留了下来，留在了路中间。他们在我周围筑石铺路，独独绕开了我，我没有受到一丝伤害。为此，我的心里充满了感激。有时候，我会情不自禁地想，如果我被砍下，能做什么呢，被人做家具、肉板，抑或被人劈成柴火，扔入灶炉，化为灰烬。这，都是有可能的。

牛背梁国家森林公园建成了，就这样，我站立在了道路中间，成了最显眼的一棵树。本身，我是再普通不过的一棵树，可是，因为生态保护，我成了一棵重要的树，成了一棵来牛背梁的人都无法忽略的树。他们来来去去都要从我的身边走过，他们说的悄悄话，甚至包括亲昵的爱语我都能听到。这么多年来，我见证了无数的人与事，南来的、北往的、说普通话的、说方言的、男的、女的、老的、少的、城市里的、乡村里的，无数的人，无数的欢喜和悲伤，我都看到，并且与他们一同悲与喜，一起经历着人生和岁月的四季。在这座山中，他们从不避讳我，我也一直坚守着他们所有的秘密，他们是我身边的过客，而我却是他们忠实的朋友。

2020年的4月20日，牛背梁上又来了一个人，一个年逾花甲的人。他步履健硕满眼关切地来到了牛背梁，带着对大自然的呵护与关爱，带着对子孙后代的关怀和希冀，深情款款地来了。他一边走，一边观望，一边走，一边与随行的人讨论着，让大家要“以功成不必在我之心”守护秦岭，保护秦岭，做秦岭的卫士，秦岭和合南北，泽被天下，是中华民族的祖脉和中国文化的重要象征，是我国的中央水塔，是南水北调的重要涵养地，保护秦岭，就是保护我们自己的生态家园。与他一起的，还有一群工作人员。据说此次来是为了考察秦岭的生态情况，但选择的具体地点竟是我所栖身的牛背梁，而且他们还要路过我的身旁，于是，我又成了一个重大历史事件的见证者和亲历者。

远远地见他们来了，我抑制不住自己的欢喜，我没有想到，在我作为一棵树的一生中，还有这样的一个特殊时刻。按说，这个老人原本跟我隔着千山万水，我在秦岭深山中的牛背梁，天天看云起云落，他在首都北京，天天为国事忙得忘记晨昏。可是，今天，他却来到了小小的柞水县，来到了地处秦岭山中的牛背梁，这让我有多意外，又有多惊喜！我一直觉得，自己是一棵野生的核桃树，原本就是该被忽略掉的，而柞水，在纸质中国地图上都很难找到它的位置，但是，这个淡定慈祥的国家领导人却不远千里，来到了这个地方。这一天，该有多特殊呀，这一天，又该有多么值得纪念呀！这一天，也必将被记入历史。我抑制不住自己的激动和喜悦，远远地望着他们迎着我走来。

果然，这个人走到我的跟前，在我的脚下站住，仰起头，向着我的树身张望，当他认出我是一棵野生的核桃树时，连连地说“好”，并轻轻地抚摩我的树干，像是亲切地抚摩着自己的孩子一样，轻轻地，缓缓地，生怕弄痛了我似的。在那一刻，我得到了极大的安慰，如同孩儿回到了母亲的身边，我静静地享受着这难得的一刻。鸟儿和风儿都一起过来道喜说，这是习近平总书记，你今天是在与一位国家领导人相遇并产生交集。其实，我是知道的，我在驴友的手机里看到过他的照片和消息，今天，他远远地走来的时候，我就已经认了出来，只是没有想到，他会这样地珍惜和呵护我。我呀，只不过是这秦岭山中千万草木中的一棵无足轻重、微不足道的树，他爱护我却像爱护他的儿女，这让卑微的我有多感恩感激，有多情不自已！

我是一棵树，一棵平凡的树呀！因为生态保护政策，留下了我，在有生之年，竟然还有这样的一场奇遇。他让我的生命不再卑微，也让我意识到了所有的生命没有高下之分，树木不因生长在京城而名贵，而身价倍增，也不因生长在山间乡野，而被忽略和轻视，所有的生命在大自然中都是平等的。就像是红花和绿叶一样，它们各有各的美丽，各有各的风韵，红色的花和绿色的叶，都是大自然中不可分割的一部分，各有各的价值，也各有各的风情。就正如，我作为一棵野生的核桃树，没有吃相，也没有看相，甚至还没有卖相，但是，这几年来，因为我长在路中间，秋天的时候，一些游客从树下经过，见到地上滚落着我的果实，就小心翼翼地拾起来，剥去皮，拿到泉水中清洗，他们看出了我的价值，说我的果实可以作为文玩，或者用来赏玩，或者用来健身，或者用来雕刻，于是，我的果实便成了文玩核桃。想必许多人是读过魏学洢的《核舟记》的吧，这个小小的精妙绝伦的核桃小舟，刻的是苏东坡与黄庭坚一行游赤壁的事，有五个人，有八扇窗，还有对联数副，并且都能看得清清楚楚，刻艺不能不说是精湛，内容不能不说是饱满，而这个精巧的核舟，便是用小小的野核桃雕刻成的，正是因为它的厚度和硬度，让它有了供人雕琢和玩味的价值。见他们在树下认真地找寻我的果实，于我又似乎是莫大的安慰，仿佛在他们的认真中找到了我存在的价值和意义，牛背梁是“养在深闺人未识”，我又何尝不是“养在深闺人未识”？

在以前的人们的认知里，我是吃不便吃，看不能看，犹如鸡肋，食之无肉，弃之可惜，现在，我又成了人们眼中的艺术品、稀罕物。他们将我捡拾起来，或者串线成珠，或者握在掌心通经活络，或者用来雕刻成各种各样的艺术珍玩，小小的野生核桃，也从深山里走进了都市人的生活，有了存在的意义和价值。因此，对于生命，我更加热爱和珍惜，我希望我能够活得久一点，再久一点，永远青枝绿叶，青葱茂盛，绿绿地站在这条路的中央，为人们送来生机和清凉，以不负这无数人对我的关怀和爱护。一棵树，就应该永远开枝散叶，呈现出生命的蓬勃和活力，我愿意和牛背梁所有的树一样，为人类绿水青山的梦想贡献一份微薄的力量。大自然不以我而伟大，而我却愿意因为爱和呵护绽放出生命全部的光芒。

我这么想着，雨便来了，好像上天通晓我的心事似的，为我洒下春日的甘霖，让我心愿达成。雨细细的，以润物无声的方式慢慢地滋润着我，一会儿，我的叶子便鲜绿起来，有了水汪汪的清灵。

哦！我见青山多妩媚，料青山见我应如是。

（原文刊载于2020年《生态文化》杂志第4期，曾以《我是一棵树》刊载于2020年6月6日《人民日报》海外版，获得“首届季羡林生态散文”一等奖。主要内容是写习近平总书记2020年4月20日登柞水牛背梁的路途中遇见的一棵生长在道路中间的野生核桃树，并赞扬了这种生态建设理念。）

云端上的村庄

车子沿着45度角倾斜而上，一路蜿蜒，呈S形。第一次走这么陡峭的山路，不是因为观景，也不是因为探险，而是因为卫健局的扶贫工作人员吴履山的一再邀请和游说。吴履山在这个地方驻村五年，对这个地方产生了深厚的感情，也对这个地方产生了深深的关切，他一直对我说："这个地方非常值得您一去，去了绝对会让您看到一个不一样的村庄。"

于是，我抱着似信非信的心态，来到了云蒙村。

果然，这是一个有别于众人目光中的村庄，高居峰峦之上，准确地说，这是一个云端上的村庄，村民们全都住在海拔1000米以上的地坪上。这是一个很让人好奇的村庄，何为深山野洼？估计，这便是。山脚那边没住人，人都住在半山腰上，与云天相接的地方。如果没有这一条连接山上的水泥道路，那么这个村庄就是一个与外界完全隔绝的地方。

当然，正是因为它的特别，它便有一个与村庄的存在非常贴切的名字——云蒙。从字面意思解，被云蒙住，或者是被云包藏。

路是贴山而凿的，绕山而行，因此便显得极是陡峭和崎岖。时下，我眼前的是一条硬化过的水泥路，在两年前，这儿只是一条仅能行摩托车的盘山石子路，是扶贫工作队进驻之后，筹措资金，才将这条路修建起来的。山很高很陡，但是风景奇美，植物种类丰富，高的矮的粗的细的，全都郁郁葱葱，将一座高高的山包裹得严严实实，就像是一个个挤在一起的绿绿的蒙古包，它们一直堆叠上去，蔓延至山顶。

山里的春天，是最美的。那些绿叶和小生命急不可耐地往外冒，泛出黄绿的芽芽，嫩嫩的，跳跃着，像刚出生的婴儿般水灵顽皮。站在路旁，甚至是可以听到草儿和树木拔节的声音，像新生胎儿才出世般令人惊喜，它们填补着山上的每一处角落和空白，因而这些纵的横的藤蔓交错，将偌大一座山体染得绿意盈盈，让人总瞧着舒心。那些不知什么时候滚落的巨石散落在山涧，周围也被那些绿草和绿树包围得严严的，它们有的洁白如玉，有的漆黑如墨，但都以磐石的形象矗立在路的旁侧和深涧中，它们身上有着一种传奇和阅尽人世沧桑的美，让人不由得惊叹造物主的神奇。这，又让我不禁留恋和驻足。哦，这云蒙，竟如此奇美，它不是景区，却也犹如景区，天然而成，不加任何人工雕琢与修饰，让人眼前一亮，耳目全新。

如此，我甚是纳闷儿，在这罕无人迹的地方，怎么还会有村庄？怎么还有 350 户 1200 人？以这样的户数和人口，确实是一个不小的村庄呀！要是有人对我说，这山上有一个寺庙，或者是道观，里面住着几个尼姑或者是几个道人，我完全相信，但是他们却对我说，这山上还有一个如此大的村庄，又确实让我惊诧不已。在我固有的思维中，村庄都在道路边，或者是在平坦处，最不济的坐落在低洼处，怎么会跑到山顶上？而且是这样高高的手可探天的云端中的山上。这山上的村庄是如何存在的，那些村民又是如何繁衍生息的呢？实在是一个谜。这似乎是有人杜撰的一个故事，又像是一个遥远的无法确证的神话传说！

显然，这个云端上的村庄是与现实格格不入的，甚至是与现实剥离并隔膜开来。它的遥远不仅仅是地理距离上的遥远，而且是现实生活中的遥远，甚至是偏僻的村庄和城市文明之间的遥远。

如果没有国家的扶贫政策，这个村庄会怎么样？会经常有陌生人光顾吗？是不是很多人都长久没有走出过大山，很多人老死都不与外界往来，很多人一生都过着封闭的生活，被这样的一座高高的山圈住，围在其中。

这是不是又有点像陶渊明笔下的《桃花源记》:“林尽水源，便得一山，山有小口，仿佛若有光。便舍船，从口入。初极狭，才通人。复行数十步，豁然开朗。土地平旷，屋舍俨然，有良田美池桑竹之属。阡陌交通，鸡犬相闻。其中往来种作，男女衣着，悉如外人。黄发垂髫，并怡然自乐。”以前，一直以为陶渊明由于仕途失意，人生不得志，故意以文学的方式营造了这样一个“世外桃源”的地方，以实现自己遁世隐居逃避现实的人生理想，但是没有想到，在我们的现实生活中，还真有这样的一处所在。看样子，这世间所有的存在，皆有可能，现实永远比小说和故事精彩，它总有着不为人知的新鲜与豁然发现。

我们是在将近一个多小时之后到达云蒙村的。遥遥地看到了一些人家，零零星星地散布在山上，像是一个个野生的大蘑菇，一座房子与另一座房子离得很远，中间是土地和青山相连，给人的感觉多是单门独户，这又与我司空见惯的村庄是不同的。村庄以这种零散的状态存在，还真是新鲜，一般认为，一个村庄，就是一个综合体，各家各户都会集中住在一个固定的区域。没想到，这里的住户都是分散的，东一家，西一家，有的相邻的一家人和另一家人连望都望不到。而这，也叫村庄？这让我有点大跌眼镜，好在眼镜没有掉下来。

微风起处，一股酒香钻入我的鼻孔，令我没有想到的是，在这样的深山里竟然还藏着一个酒厂，我是循着酒香走进去的。这是一个专门酿造粮食酒的造酒作坊，在我们进去的时候，有七八个人正在忙着做工，他们正翻着热气腾腾的酒糟。一个简易的二层楼，一楼是作坊，二楼是晾台，还有一个地下室，用作储酒，摆放着大大小小的瓦缸，用于盛酒，酒从那些大大小小的酒缸里溢出，让四周充满着酒香。主人很友善，见我们到来，忙将我们让到楼上，我们便自然地坐下了，同他聊着天儿。这是一个五十多岁的汉子，面色黝黑，面容沧桑，如果没人介绍，我会以为他就是个打工的，经人介绍后，才知道，他便是这里的老板。一件深蓝色的体恤松松垮垮地穿在身上，头发有些蓬乱，皮肤粗糙，看得出，这里的一切都是他自己在亲力亲为。给他做工的几个中年男人，有的是他的亲戚，有的是他的同村人，大家都是一样的质朴和友好。我们坐着，他们就都围着我们站着，我们问什么，他们也都热情地回答，不知道是因为这山里来人少，稀罕，还是因为村民固有的淳朴和厚道。我想，二者都是有的。如果没有特殊的事件，在这样的村庄里，是少有人来的，要么为做生意，要么为走亲戚，要么是为工作。当然，多数的城里人，也并不知道在这样高高的云端之处，还有着一个这样的与世隔绝的村庄。

主人拿出酒，让我们品尝。当然，在这样的地方，也是没有酒杯的，他就用透明的一次性杯子给我们倒，说这是麦子酒，很绵的，不呛喉，让我们都喝点。素日里，我喝酒少，酒量也极小，最多只有五小杯的酒量，见他拿着一次性的杯子，便觉得有些吓人，不敢拿杯，他却将酒拿到了我的面前，不喝也不合适，喝了，又怕自己喝醉，就给旁的人倒了一些，给杯底留下了一点，尝了尝。嗯，这种麦子酒是绵绵的，淡淡的辣味，还透着一点淡淡的幽香。我说了声“不错”，其实，我是不善饮酒的，但在这种地方，所有的酒都是原浆酒，在没有勾兑的情况下，从酒器里引流出来的头酿，因此随行能喝的，都喝了半小杯；他们说好，那自然是好的。小时候，妈妈自制过柿子酒和葡萄酒，对于这种自酿的酒，我还是情有独钟。他们这里酿的酒都是粮食酒，以当地自产的粮食为主原料，有我们刚才喝的麦子酒，还有苞谷酒和高粱酒，一般属于自产自给，现在在扶贫工作人员的扶持下，也在向外延伸，走向市场。我们小坐了一会儿，为不耽误他们的生产，我们便起身同主人告辞，拐上了旁边的一条石子小路。

此时，刚刚下过一阵细雨，阳光从云层中跳将出来，将整座山照得亮灿灿的。树叶儿潮潮的，闪着油油的绿意，路边的各色小花争相开放着，有黄的，有白的，有紫的，像是对我们夹道欢迎，有野菊花，有紫麻哨，有刺玫，还有金银花。自小在乡间，很多野草野花都能识得一些的，当这些久违的花草在这样的地方再次映入我的眼帘，让我有一种说不出的亲切和愉悦，站在这个云端上的村庄，似乎又回到了我的故乡，我摘下一朵金银花，放在鼻子下嗅了嗅，好香，多么熟悉的味道呀！在童年，在少年，在经济紧张时期，我也曾在村庄的四处采摘金银花，以换得读书的学费。在不远处，有一个妇女，正在摘着金银花，她一手拿着个小布包，一手摘着金银花，见我们走来，羞怯地一笑，又兀自摘她的金银花。我开口问："摘金银花是泡水喝，还是卖钱？"她答道："自己喝呢，量少，也卖不了什么钱，来人客了，泡在水里，变个颜色，也显得庄重点，不至于说让人老喝白水呢！这几年，扶贫干部来这儿，可给他们辛苦了，山高路远的，他们在这儿也不肯吃饭，就是喝口水的，摘点金银花，阴干了，工作人员来了，给他们泡杯水，降一下火，也是好的。"哦，原来，她摘金银花是为了给扶贫工作人员泡茶喝，也真是难得她的这份心意。山里人的淳朴也都是无声的，干部对他们的付出，他们都在心里记着，他们也在用自己的方式默默地感谢这些为改变他们的生活现状而付出辛苦的人们，这一点，又让我心里感到暖暖的，虽然只是一杯淡淡的金银花茶，可这是老百姓一片赤诚而感恩的心哪。或许，他们不能给予扶贫工作人员什么，但是他们愿意花费时间和精力，来为工作人员烹制这样一杯充满人情和感恩的茶水，毕竟，这样的一杯水也是不容易的，也需要他们将这一朵朵小小的金银花摘到一起，阴干，烹制，才能成为能够降火祛燥的金银花花茶的。

又走了约一里路，见到了一个屋子，三间连在一起的土屋子，旁边还有一个偏房，估计是灶房。门前有个猪圈，里面养着一头黑毛的猪，估摸也已经有百十斤重了吧。旁边是一棵高高的柿子树，树叶绿绿的，树旁堆着很多的柴草。在门前有一片宽敞的地方，放着几把竹质小板凳。我们在院子站定，云蒙村第一驻村书记刘峰利走了进去，不多时，一个满头白发的老妇人迎了出来，请我们进屋里坐，我们便走进了屋里，最主要是我想进屋里看看，看看这样的村庄，看看这样的房子，看看这里的村民究竟是怎样生活的，他们的屋子里究竟有一些什么样的物什。屋子收拾得还算整洁，泥地也扫得干干净净，靠墙的地方放着一些老旧的黑褐色的柜子和箱子，板凳上码着一些麻袋，有的装粮食，有的装草药，各类农具靠墙而立，墙壁上的钉子上挂着一些布袋，还有草帽和小篮。这样的房子，在20世纪80年代，我见到过很多很多，当时，我生活的村庄也是如此。见到这些熟悉的物件，我便问："家里可有电视？"老妇人说："有的有的。"便将我带进了旁边一间房子，这是一间卧室，进门的地方是一个方形的取暖炉，在床的对面放着一个台式的浅灰色的电视机。看到这里，我尚算欣慰，还好，这一家人可以通过这电视看到外面的世界，接收来自外界的各种各样的信息和消息。就算在今年，新冠疫情全球暴发，外面令人瞠目结舌的疫情情况他们也应该会通过电视知道的，而生活在这里的人们却完全没有必要戴口罩，也完全没有必要保持两米开外的距离，因为人与人之间，都相距甚远。

打量了一圈屋内，我们来到了院中，在院中间的小竹凳上坐下。老人的儿子给我们一人取来一盒核桃奶，我们不要，他笑吟吟着硬要塞到我们手中，一脸的憨厚与朴实，只是一句话也不说。见我眼里露出疑惑，老妇人说，这是她的儿子，不会说话，哑巴，自小吃药吃坏了的。听到这话，我的心里不由地"咯噔"了一下，不会说话，还能这般礼仪周到，真是可惜了。在和老妇人的交流中，得知她今年已经八十多岁了，儿子也六十多岁了，老伴儿去世好多年，现在留下她和一个不会说话的儿子与儿媳妇生活，还有两个孙子，都去了山外打工，平日里回来得少，以前还抱养了一个女儿，现在也已出嫁，但是会时不时地回来看她。要说吧，女儿的亲妈命也挺苦，生了三个儿子一个女儿，谁知在她 39 岁的时候，男人喝酒死了，留下了她孤苦一人带着三个孩子。她叹息那女人的苦和难，便让女儿又认了回去，女儿嫌自己幼小被送人，死活不愿意相认。后来，在她的劝说下，才和亲妈恢复了关系。“难为娃了，娃的担子也重。”说这话的时候，老人是那么的慈祥，那么的通情达理，没有一丝埋怨，却满是淡定从容和安详。一个乡间老人，是如此的善解人意，如此的通情达理，如此的大仁大义，这让我不由得对这个老妇人刮目相看。难怪连这样的一个残疾儿子都能这样礼貌周到，想必也是得益于老妇人的言传身教，什么样的家庭就有什么样的家教，什么样的家庭就有什么样的家风。我们常常说，人要做怎样的人，而这个老人，没有读过什么书，也没有受过什么教育，她自小就生活在这样一个高山里的村庄，没见过什么世面，这一生连村庄都没有走出去过，但是她却以自然之道教育着自己的子女，让他们恪守做人的信条，做一个有情有义的人，做一个知恩图报的人，做一个吃水不忘挖井人的人。这是一个多么了不起又伟大的乡间老妇人！她自然而然地将自己活成了让人尊重和敬仰的模样，这是人道，亦是天道，顺应天道，如何不是做人的最高境界呢？如果人人都能本着这样的心性和禀性做人，那么个个都会成为有德之身。尽管老妇人的儿子不会说话，但是并没有影响到孙子，两个孙子倒也聪明伶俐，在外面生意都做得颇好，这又让我极为老人欣慰。老人一生含辛茹苦，勤劳耕作，将两个孙儿培育出息了，算是值了，这也算得是她这一生最大的成功。

走的时候，我们将盒奶放下了，在这样出入艰难的地方，尤其是像老妇人这样的家庭，我们是不忍心喝下这盒奶的，因为这盒奶来得太不容易。可是老妇人和儿子又追上我们，非要将盒奶塞到我们的手里，让我们在路上喝，说我们不肯在这吃饭，就喝点奶，润个嘴，让我们千万千万不要客气，我们这么远道而来看望他们，为他们扶贫济困，这盒奶再不喝，他们就太不够意思了。让来让去，我们推辞不过，只得拿着。多么淳朴的老人哪，多么善良、多么宽厚的老人哪！或许所有的好词用在老妇人的身上都不过分，这是一个常年生活在高山深处的老妇人，但是她却有着如佛般的慈悲和慧根，她将世事看得通透明白，她将人生活得清明如水，如此人生，没有修道，已是得道之人。

在距离老妇人家一里多远的地方，还有一户特殊的人家。这户人家生活着一对母子，母亲已经93岁高龄了，膝下一个儿子两个女儿，两个女儿都嫁到了邻县镇安。如今，只有母子俩相依为命，可是，就在今年的3月份，儿子骑摩托车外出，在镇上与车辆相撞，当场晕死过去，帮扶工作人员张祖惠接到电话，同第一书记刘峰利以及村支书将他送到了西安救治，在没有亲人在场，没有亲人照顾的情况下，扶贫工作人员担起了他的子女的责任，为他筹集了12万元钱，为他在手术单上签了字，日夜照顾，挽救了这条生命。听到这件事，我被深深地打动了，扶贫工作不只是让村民脱贫，工作人员其实是深入到村民生活现场的每一个具体的事件当中，他们彼此之间不是亲人，却把贫困户当作了亲人，为他们解危济困，为他们帮贫扶贫，如果没有扶贫工作人员，事件的当事人会如何？他在遭遇那样一场车祸之后，还能安然无恙，还能平安地回到老母亲的身边吗？如果没有扶贫工作人员筹集的12万元钱，他又怎么能够支付这样巨额的医疗费用？我在心里一遍又一遍地追问，不得不说，一些扶贫工作人员真的是将扶贫工作做到了家，将贫困户的事情完全当成了自己的事情，这一份担当与情怀也着实让人感动不已。当然，作为当事人，他也是知道感恩的，面对扶贫工作人员，他一而再、再而三地道谢。因为他的行动不便，老人的大女儿暂时在照顾着这个单身的哥哥和母亲，我们来的时候，她去山上采草药去了，在谈话的过程中，她回来了，带回来了好几束连翘，这是一种中草药，10元一斤，有人专门收这种草药。她是趁着两顿饭的间隙采草药的，在照顾病人的同时，抽空挣点零花钱。女儿也是一个朴朴实实的人，见我们来看望她的哥哥和母亲，很是高兴，说到她哥哥的身体不能很快恢复，也很担忧。自己家里事情也多，既要照顾家里，还得操心这儿，哥哥身体没恢复，行动不能自理，就无法照料高龄的母亲，家里两个病人行动都不方便，根本就没法儿生活。老人虽然脑子不清，但是对儿子很上心，在她的眼里，所有的人都是她最重要的儿子，我们指着她的女儿问她是谁，她分不清。我们问儿子好不好，她笑眯眯地说好。就连凳子上她剥好的一堆葵花籽，她也说是要留给儿子的，现在在她眼里，只有儿子，她只记得儿子。人的感情真的是很微妙，当一个人意识失常头脑都不清楚的时候，但在她的潜意识里，却有一个最重要的人，那是她生命中永远不能释怀和放下的，而这个人将一直伴随她走向生命的终点。

看到眼前母子二人的境况，我又想到他们的厕所只是一个敞开的粪坑，积着很深的粪水，便对老人的女儿说："你们这厕所面上要铺个板子，要不然，两个人身体都有毛病，一不小心掉进坑里，可就麻烦了。这样的厕所很不安全，你若在还好说，你若不在，家里出了事，连个知道的人都没有，想办法改造一下。"老人的女儿说："是，回头给上面放上两个板子，我们平时习惯了，没有注意到这一点。"看着老人儿子仍旧歪着身子端着的胳膊，我唯有衷心地祝福他早日恢复健康，让那个如孩子般懵懂却仍然心疼着他的老母亲能够安稳地度过晚年。

这样的家庭，是最受不起创伤和灾难的，无病无灾的时候，生活尚可以四平八稳地过活，一旦遇到了突发的疾病和灾难，多数人都是窘迫的，无力承担的。平日里靠着种上一些庄稼和蔬菜生活，没有其他的收入，一旦到了要用钱的时候，便一筹莫展。生活总会有不期而遇的风险，晴带雨伞，饱备饥粮，这话总是对的。

现在，在这山上，多数的年轻人出去打工挣钱了，留在家里的多是一些年龄大的老人和残障人员，他们靠着土地耕作生活，农耕生活依然是村民的主要生活方式。这些年，在扶贫工作人员的引导下，一些人开始搞一点家庭产业，养一些木耳菌棒，种一些烤烟，搞一些养殖，当然，还有我们最初见到的那个酿酒的作坊，他们也在慢慢地从当初自给自足的小农经济向对外输出的开放经济过渡。而带动这个地方经济发展的，便是这条通向山外的路，是这条路打开了这里同外界交流和开放的窗口，让山里的人走出去，让外面的人走进来，而我也得以沿着这条路走进这样一个风景秀美的世外桃源。听说已经有人在这里进行茶叶种植，茶苗已经栽下，在不久的将来，这里将会形成一个很大的茶叶基地，那时的茶，就叫“云蒙茶”了吧！当得知这里已经在种植茶叶时，我是极为欣喜的，在这云天相接的地方，开发一个茶叶基地，那当是此地一个最好的产业，接万千甘露，撑起一片生命的绿荫，把云蒙最美的春色和绿意洒向熙来攘往的人间，那时，云蒙便不再是一座封闭孤立的与外界隔绝的村庄，就算端坐云端之上，它也会成为无数人的追逐与向往。那时，这座山将再次焕发出生命的禅味与玄机。

（原文刊载于2020年《人民文学》第12期）

柞水到西安有多远

车走得似乎比平时慢了一些，因为路上厚厚的积雪，司机不得不小心谨慎地驾驶。

每周一自西安回柞水，在冬天，天还未亮，除了霓虹灯，就是空旷的街道，除了我和几个摸黑行路的人，街上什么也没有，我是坐着出租车到城南客运站的。

看到街上白茫茫一片，我便知道，我这一趟回柞之路要比平时漫长。

车子慢慢地驶上五台山，那一座座高耸的山峰映入眼帘，看到满山的银白，我想到了丽江的玉龙雪山，在很远的地方都能看到那种银亮的白，白得炫目，白得闪闪发光。今天的秦岭，也是一样，被白雪覆盖，像是披着一袭婚纱的圣洁新娘，那么纯粹，那么美丽，那么洁白无瑕。但秦岭的白和玉龙雪山的白又是不一样的，玉龙雪山的白，是那种光溜溜没有挂碍的白，山上没有树，也少草，白雪下覆盖着的是坚硬的岩石。而秦岭，是一个繁盛的植物园，它有着丰富的生物资源，那苍老的古树，茂密的森林，盛开的百花，甚至还有那无数的我们能叫得上名或者叫不上名的中药材。它们，让这一座山岭充满了勃勃生机，也让这一座山岭养育了无数的人们，甚至出了很多杰出的人物，像古代的名医孙思邈、李时珍，还吸引了许多闻名古今的诗人，如王维、李白、杜甫、韩愈、白居易等，是他们让秦岭的医药文化和人文精神得到发扬光大，并一代一代地传承下来。走在这座雄浑的山上，我们不仅仅看到了满山满岭数不清的草木，嗅到了清新的空气，更多地看到了我们永远无法预期的未来和美好。

在遥想中，思绪将我拉回了过去。从西安到柞水，从柞水到西安。这一路，让我想起了很多……

一、一条险远的盘山公路

要说柞水到西安，不仅路长，而且话也长。

中华人民共和国成立前，柞水人去西安，用脚走，据老一辈人说，走秦楚古道，去一趟西安要走三五天，翻一座山又一座山，而且是多个人一起，背上整袋的干粮和水。一个人是断然不敢走那样高峻而险远的山道的，因为在秦岭中常常会有豺狼虎豹出没，人入兽口，是常有的事，无大事，没有人敢贸然涉险。

中华人民共和国成立后，政府为了解决柞水人民的出行问题，发动当地百姓修建了一条盘山公路。柞水的人民想去西安，只有沿着这条漫长的盘山公路蜿蜒蛇行，翻山越岭。那是一条崎岖艰险的盘山公路，它就像一条银灰色的蛇一样，盘绕在崇山峻岭之间，绵延三百余公里。那时，柞水到西安，可谓是“蜀道难，难于上青天”的一条登天之路。很多人的一生，没走出过大山，很多人的一生，没有走出过秦岭，他们压根儿不知道西安是什么样子，甚至不知道关中平原是什么样子，当然，更不知道西安之外的世界是什么样子，我的母亲和乡亲就是。在他们的眼里和心中，柞水就是天，就是地，就是整个生活和世界的轴心，西安太遥远了，那里根本就不是普通人可以到达的地方。

当然，在那个年代，公务人员可以到西安，做生意的人可以到西安，还有一些，就是读书的孩子们。当然，能够在外面读书的孩子也极少。

在那个高考犹如过独木桥的年代，每年能够考到外面就读的孩子就更少了，记得当时在民间有一个调侃：某年，柞水县中学高考考走了一个大学生，被戏称为“独生子”；某年，又考走了两个大学生，被戏称为“双胞胎”；在某一年，一个也没有考走，被戏称为“结扎”了。因为交通的不便，导致了教育的落后，又因为缺乏优质的教育资源，导致升学率一直难以提升，一个落后，误了多少寒窗学子的人生与前途，一个落后，毁灭了多少家长的梦想和希望，人们在穷困中挣扎、徘徊和迷茫，找不到生活的出路。

那时，从柞水到西安，只有一辆大巴车，准确地说，应该是两辆，一辆头一天开出去，一辆第二天开回来。因为单从柞水去西安，正常路况下，就要大半天，一天断然打不了一个来回，也没有一个司机能够连轴转，因为道路的崎岖与险远。柞水人去西安，实在是一件需要鼓足勇气的事情，多数人无大事，也没有这个打算，宁愿待在家里平平安安，也不愿冒路途奔波之险。车站为了尽可能地给乘客提供方便，每天早上5点钟发车。在夏天，天刚蒙蒙亮，在冬天，天地混沌，四周一片漆黑，街道上空无一人，只有候车的人和那昏黄的路灯，胆大的人可以一个人独自上街，胆小的就只有在家人的陪同下，在街边候车，坐车的人走了，送行的人再回到家里继续睡觉。

这条盘山公路有多险远，没有走过山路的人，是无法理解的，也是完全无法想象的。道路依山而凿，依山而修，是政府号召所有周边县区的人共同义务修建的，各家各户都出了劳力，吃住都在秦岭这条路上。我的大哥就曾经参与其中，他们修的是黄花岭段。因为是盘山公路，所以，一边是耸立的山，一边就是断崖和沟壑，这条路便围着一座山一直绕来绕去，从柞水山脚下，直到秦岭之巅——黄河长江分水岭的地方，再往下绕，一直绕到大峪口，才算是出了秦岭，进郭杜，到了关中地界。

路况好的时候，早上 5 点多出发，中午 12 点可以到西安，住宿安顿下，随便吃一顿饭，赶着时间还可以办一点事；路况不好的时候，遇上雨雪天气，大巴车只能像蜗牛一样缓慢地爬行，浓重的雨雾，坚硬的冰雪，都是影响交通的自然因素。因为这样的天气，每年都发生好多起交通事故。很多家庭有人去西安的时候，待在家里的人就会点起香炉，祈求上苍保佑平安，平平安安地出去，平平安安地回柞水。一次普通的出行，让坐车的人心惊肉跳，让家人担惊受怕，寝食难安，承受着无法想象的恐惧。

二、天堑变通途

1996 年，包茂铁路柞水段开始修建，铁路工程的修筑，为柞水人打开了一个全新的生活视角，自此彻底改变了柞水人的生活模式。

一夜之间，柞水拥进了众多的外地人——铁一局、铁二局、铁十一局、铁十四局等铁路工程队，他们分布在柞水境内的各个路段。这些河南的、河北的、山东的、四川的，还有黑龙江的、辽宁的等地的人口，一下子汇聚到了柞水这个小县城，让曾经零落沉寂的柞水一下子沸腾起来。他们的出现，打破了柞水往日生活如水的平静，也让小城一下变得热闹和拥挤不堪，一浪人群涌来，一浪人群又退去，到处是人流，到处是车流，到处是人声喧哗，不同口音，不同腔调，说普通话的，说方言的，都混杂在其中。柞水人由开始的观望、不适应，到慢慢地逐渐适应，并且一天天地融入其中。

毕竟对新鲜事物的认知和接受需要一个过程。

商店里的货物开始不够卖了，小吃店不够用了，于是，各类商店和日用品店如雨后春笋般应运而生。这些拥进的外地人需要大量的棉被，大量的床上用品和生活用品，甚至是建设物资，特别是一些工程队的管理人员，他们的生活是比较讲究的，他们穿纯棉的衬衫，着时尚的休闲服和马夹，很多女士还极喜爱真丝的衣裙和围巾，他们的生活需求多元化，为柞水人打开了一扇新鲜的天窗。生活不仅仅是一日三餐、工作和赚钱，原来还可以这样色彩斑斓、丰富多彩。

安顿好物质生活，他们又开始追求精神生活的愉悦。在休息的时候，他们会来到县城，唱卡拉 OK，跳舞，于是，县城里一下子又多出了许多的卡拉 OK 厅和舞厅，甚至有很多街唱的。这些外来的人似乎更喜欢这种街唱形式，因为大凡唱得好的，都会吸引来很多的观众和看客。于是，一时之间，街上到处飘荡着那些浑厚嘹亮的动人歌声。这些人走南闯北，多才多艺，唱歌、跳舞都是轻车熟路，常年的野外工作和生活，锻炼了他们的生活才能，也让他们在机械的工作之余生活并不空乏和枯燥。他们是懂得生活的一群人，他们也是能随遇而安的一群人，走到哪里，哪里就是家，走到哪里，他们都能很快地融入当地的生活情境当中。他们的出现，极大地带动了当地的出租车生意。以前，在柞水，多数人没有乘坐出租车的习惯，因为柞水县城来回转一圈，也不过半个小时到一个小时。稍远一点的地方，人们宁愿骑自行车出行，也不会乘出租车，偶尔有乘坐出租车的，会被人称作是不会过日子的败家子。而这群修铁路的人，他们的工地都在偏远的乡下，他们要来县城玩，就要有交通工具，他们的需求，带动了柞水出租车的生意。一些人乘机买了车，以跑运输作为生活的营生，他们有单跑的，也有包月的，每天定点定时地去接，定点定时地送回。在长达 5 年的时间里，这就成了拉客族固定的营生。

在观望中，一些柞水人也进入了这种生活模式，他们也去舞厅学跳舞，也唱卡拉 OK，甚至还有一些女子嫁给了铁路上的人，成了他们的妻子。柞水人的生活方式彻底被刷新和改变，还有人参与工程队的建设，有跑运输送原料的，有包活儿的，有打钻的，有做工的，各人根据各人的特长参与其中，都成了铁路建设的一分子。

铁路建设，最难的要数打洞子。秦岭是一座多么厚实的山呀，要想打穿它，在很多人的眼里，简直就是一个传说和神话，估计在人们的思维里，打穿秦岭，那比愚公移山难多了。可是，在我们觉得无法想象，或者是难于登天的情况下，铁路工程的建设却在一天一天地推进，每隔一段时间，就有好消息传来，某某洞子打通了，某某洞子又打通了。当然，最大的好消息是秦岭终南山隧道的开通，据说在当时是亚洲最长的隧道，在这一条隧道里，火车匀速行驶也要30多分钟。隧道打通的时候，所有的人都去营盘围观，看看这究竟是一条怎样的隧道。有的人，还试图徒步过去，用双脚丈量这条隧道的长度。曾经在人们眼里的传说和神话终于变成了现实，这对封闭了几百年的柞水人来说，该有怎样的惊喜惊讶和无法想象的欢悦啊！

准确地记得，那是2002年的一个深秋，天气已经很冷了，秦岭终南山隧道开通，铁路工程队和柞水县的领导一起举行了隆重的隧道开通剪彩仪式。知道消息的柞水人奔走相告，自行前往，观摩柞水有史以来最大的一个里程碑式盛事。当时，鞭炮和烟花放得震天响，满地落红，洞子口周围挤满了人，可谓人山人海，人头攒动，盛况空前。我抱着年幼的孩子，也挤在涌动的人流中，分享着柞水人共同的喜悦和幸福。此时，我想到了毛泽东在《水歌调头·游泳》里的一句诗："一桥飞架南北，天堑变通途。"曾经厚实而坚硬无比的秦岭，通过现代高科技手段，实现了"天堑变通途"，曾经的遥不可及，现在也变成了算着时间可以抵达的通途，让人不由得感叹人的力量之伟大，可以创造改变世界的奇迹。

当时，柞水的站点设在下梁镇。包茂铁路开通时，很多人拖家带口地买了火车票，带着老人和孩子坐车去西安，尝试一下第一次坐火车的感觉，当时的车票供不应求，快车票价 12 元，慢车 9 元，都是座无虚席。铁路的开通，意味着省时和平安。柞水人出行凶险的历史自此终结，一些胆小的人，尤其是妇人、老人或者孩子，也可以随便任何时候想去西安就去西安了。

包茂铁路的开通，一条铁路从西安穿过秦岭，这似乎是实现了一个愚公移山式的神话，在此之前，没有人能够想到这么厚实、这么坚硬的秦岭，能够在人为的情况下实现贯通。

三、高速公路的开通

包茂铁路开通后不久，西柞高速公路的建设又提上了议事日程，不得不叹服，中国的道路交通建设正在以划时代的速度与日俱进。

在以前，觉得能坐火车，那是做梦都想不到的事，已经幸福得无法言说。没承想，在柞水通了火车之后，国家还会为柞水建设一条更加高效和快捷的高速公路，党的关爱真是无微不至，它遍及中国的每一个城市和乡村，每一寸土地，哪怕柞水再小，再贫穷再落后，甚至在中国的地图上都看不到它的影迹，它也一样没有被忽视，这让我们幸福感满满。

西柞高速公路是 2003 年开始动工的，起于西安市曲江绕城高速，向南途经雁塔区、长安区、商洛市柞水县，全长 65.02 公里，建设里程 43.5 公里。它也依然如同铁路一样打洞子，穿过这厚厚的秦岭，这又将是一个漫长而艰巨的浩大工程。只是这次高速公路的建设人员，替换了铁路建设人员，他们又将在柞水进行长达数年的高速公路建设。

对于这些建设者，我总是感激并感恩着，为了祖国的建设，为了柞水的交通，他们背井离乡，别妻离子，在一个地方一待就是数年，从工程启动，一直到工程结束完工。其间，他们可能会请假或者是休假回去，但时间总是短暂，最长的假期也不会超过一个月，又得匆匆赶回工作的地方。在别的地方，我不知情，但他们在柞水，除了满足日常的生活，多数的时候是清苦的，想寻一点精神上的快乐，也只有来县城里跳跳舞，唱唱歌。在那些年里，没有手机，没有微信，没有互联网，他们只有用读书来排遣长时间的机械枯燥的工地生活。有时，我们会觉得自己的生活清苦，可跟他们相比，我们又算是幸福的了。最起码我们是待在自己的家里，享受着一家人的快乐，纵然辛苦劳碌，但生活是安定的、圆满的、和美的，而这于他们而言，却是难求的。或者，他们有高一点的工资，但是，这些钱即使寄回家里，也无法弥补亲人长年离别的缺憾，许多孩子是在没有父爱的环境中长大，许多妻子常年独守空房。因此，对于这些建设者来说，我的心里总是充满了无比的敬佩和感激，正是因为有这样的一群不计劳苦的建设者和奉献者，才让我们的祖国日新月异。

村里有一个青年在秦岭洞子里打钻，他每天早上骑着摩托车上工，晚上骑着摩托车回来，中午在洞子里吃送来的午餐，多数时候是盒饭或馒头，因为这两样饭好做，好送。只有午饭时间，洞子里才能安静下来，在正常做工的时候，洞子里一直都是机器声、电钻声、装土车行驶的声音，还不时的有隆隆的炮声。在洞子里，不敢放大炮，担心塌方，只能放抽炮，一次炸一小块地方，炸了之后，又迅速地将清理出来的土石方拉走，不能挡了这仅有五六米宽的道，更不能影响别人施工。在那么狭小的洞子里要同时进行多项工作，有多拥挤、多嘈杂。而他和他的工友们一年四季就处在这样的环境中，包括冬天，也没有歇工。这些工程是靠着日夜赶着进度在一步一步地推进的，这一班下工，那一班马上就上工，那一班下工，这一班又上工，基本上是三班轮着上岗，要不然，一般的人体力都吃不消，是这样的一群筑路者和建设者在推进着这项浩大而艰巨的工程。记得，我曾以此为素材写了一篇《秦岭隧道的筑路者》，以此来歌颂和赞美为西柞高速公路付出辛苦和作出巨大贡献的建设者们，这篇文章发表在了《中国纪检监察报》“五一劳动者”版面，对于他们，我是真心地赞美，真心地感动，用真情在讴歌。

在所有建设者和柞水人的共同努力下，西柞高速公路终于开通了，更准确地说，是西康高速公路，西柞高速公路只是其中的一段，以小带大，大家也能以此想到整个工程建设过程中那些建设者为此所付出的辛苦和那数不清的日日夜夜。据统计，在整个工程建设中，仅柞水秦岭终南山隧道段，国家就投入了 31.93 亿元，国家拿出了这么大一笔资金，来挖通秦岭这样一座罕见的大山，这在中国乃至世界的交通建设史上也算是一个创举和壮举了。秦岭终南山隧道，全长 18.2 公里，其建设规模居世界第一、中国公路隧道之最，通行里程仅次于挪威长 24.51 公里的莱尔多公路隧道，属亚洲第一、世界第二的超长隧道。为了缓解司机的疲劳，避免乘客路途的无趣与在黑暗中的枯燥，专门修了景观带，有绿树，有海景，有变幻的彩光，这些人文设计为车辆的行驶增加了生趣。

在听到西柞高速公路竣工的消息时，正是夏天，我怀着满腔的喜悦和无比激动的心情，写下了一首七言律诗《高速路柞水通西安》：“忽闻柞水近西安，山城万民俱欢颜。几百余载辛苦路，而今化作一重天。岭南六月柳如烟，青山绿水好家园。又逢盛世雨露至，敢教日月吐新篇。”算是对这一重大事件的记录和纪念！

2007 年 1 月，在又一个新年即将来临的时候，西康高速公路全线通车，这又是一个让柞水人民欢欣鼓舞的时刻，这一天，春节还没有来临，但这一天，却比过年还要热闹和喜庆。为了庆祝高速公路的开通，柞水举行了隆重的欢庆仪式，很多人当天乘车去西安或安康，体验高速公路带来的快捷。于此，柞水到西安城南客运站，仅需要一个小时十分钟，曾经的天堑和遥远天路，到现在，也只有一小时的车程，柞水人到西安，一天轻轻松松打来回，风雨无阻，快捷安全。西康高速公路的开通让柞水融入西安经济圈，也因此，美丽的柞水真正成了秦岭的明珠、西安的后花园，它对加强黄河经济圈和长江经济圈的地区联系具有重要的现实意义和深远的战略意义。

四、习总书记走进柞水

2020 年 4 月 20 日，中共中央总书记、国家主席习近平来到了秦岭南麓的柞水县，他是穿过秦岭无数个大大小小的隧道走进秦岭的腹地柞水的。曾经的国家级贫困县、九山半水半分田的柞水，迎来了国家最高领导人，这又是一个划时代的大事件，它让正在阔步迈进中的柞水再一次沸腾，成了全国人民关注的焦点。

那是一个细雨飘飞的日子，天空下着蒙蒙细雨，雨不大，不湿衣，却能感觉到丝丝的清凉，习总书记便是在这一天伴着和风细雨来到柞水。而此时，恰是谷雨时节，有道是“雨生百谷”，这是一个播种和充满希望的季节。而习总书记，便是在这样的一个时节里，带着爱与关怀走进了深山中的柞水，为柞水人民播下了幸福欢乐和希望，让柞水人刷新了自己的存在感，让每一个柞水人都真真切切地感受到了来自国家领导人的爱与关怀，感受到了祖国带给我们的阳光和雨露，我们是祖国的儿女，我们永远都是祖国不可或缺的一分子，我们也因此而自豪和喜悦。

习总书记此次来柞水，一是视察秦岭生态保护情况，二是视察扶贫攻坚工作。全国这么多的地方，他将考察地点选在柞水，体现了他对贫困地区的关注和重视，也体现了他将每一个百姓都视为他的儿女的领袖情怀。截至目前，他是有史以来第一个真正走进柞水的国家领导人，而身在其中的我们，无不以此为幸，以此为荣。

这一天，于我更是一个天外之喜。2020年的4月20日，是我的农历生日，头一天晚上我跟儿子庆祝完生日，第二天习总书记就来柞水了，真可谓双喜临门。我没见过习总书记，我对他的认识，只是在电视上或者是新闻报道中，他来到柞水因为工作，却碰巧在我生日的这一天，有道是“无巧不成书”，天下之事总是有这么多的偶然与巧合。本来习总书记来柞水都已经让我开心不已，在人的一生中，总要经历一些事情，这样的事情是我不曾想到的，更是我不曾料到的，这对于一个普通的百姓来说，又该是一件多么让人意外和惊喜的事，也堪称幸运，或者是喜上加喜，更加令人开心满怀，喜上眉梢。

这一天，所有的柞水人和我一样，开心喜悦得无以言表，大家冒着细雨等候在习总书记经过的路上，哪怕是见到他的车辆驶过，他跟我们挥一挥手，我们都会觉得是此生之幸，似乎空气中都有了习总书记暖心的味道。毕竟在柞水这样的一个小小山城，能见到一个国家领导人似乎是一件很荣幸的事，毕竟全国有那么多的地方，需要习总书记去关心和操心，而柞水只是他众多孩子中的一个，而且相对来说，柞水还是一个较为弱小的孩子。我们总以为由于我们的弱小会被忽略，会被遗忘，事实证明，我们并没有被忽略，也并没有被遗忘，这让我们不由得欢欣鼓舞，喜悦万分。

在这一天，习总书记登上了牛背梁，视察了秦岭生态保护情况，看到牛背梁的青山绿水，甚是欣慰，嘱托我们：“当好秦岭的生态卫士，保护好秦岭的生态环境。”这既是鼓励，亦是希望，更是重托，秦岭作为中国南北方的分界线和分水岭，它的地理位置太重要了，它既划分了中国的南北方，又涵养了生态和水源，“一江清水送北京”，送的就是我们秦岭深山中流出来的水。他一边走一边对工作人员说：“秦岭和合南北，泽被天下，是我国的中央水塔，是中华民族的祖脉和中华文化的重要象征。”他的话语饱含了对秦岭的深情和对于秦岭生态保护的重视。

而后，他又来到了柞水县小岭镇的金米村，了解了这里的木耳种植和生产情况，他亲切地对当地村民说：“小木耳，大产业。”他的话如一针能量剂，给了当地村民极大的干劲和鼓舞，让他们懂得，任何事情，只要用心做好，都是能够有所作为的，小木耳也一样可以成为大产业，成为农村致富的支柱产业和品牌产业。在他的点赞下，当天晚上，柞水木耳在网络上销售一空，而习总书记也成了柞水历史上最给力的网络带货员。

雨慢慢地越下越大，以“润物细无声”的姿态浸润着柞水这片土地，它正如习总书记温暖的微笑，亲切的关怀，人们纷纷为习总书记举起了伞。在“贵如油”的春雨中，习总书记和乡亲们做着深入的交谈和交流，问生产，问销售，问收入，问乡民的生活情况以及孩子的上学情况，孩子们激动地叫他“习爷爷”。那个雨天，在一个与柞树和木耳有关的土地上，留下了感人至深的一幕幕。

挥一挥手，习总书记离去，雨依然在下，是不舍，是惜别？而雨露已经浸润了这片土地。

车穿过秦岭隧道，又驶向了该去的地方。

似乎此时，柞水离西安近在咫尺，离首都北京也近在咫尺，似乎都只在招一招手，谈笑风生间。柞水到西安，究竟有多远，其实也只不过是一个隧道的距离！

五、迎来快车道——高铁

2020年，陕西发改委发布消息，西康高铁工程基础工作开始启动，估计在两年之后，柞水的高铁就会开通。到那时，柞水到西安估计也就一二十分钟，一盏茶或者是一袋烟的工夫，柞水人就又从青山绿水岭南的土地上站到了车水马龙西安的土地上。在现代化高科技驱动下，各行各业都在飞速发展，不断刷新着我们的视野和思维，它使一切遥想变得皆有可能，所有人的生活都将会越来越好。

回望过去，柞水到西安的艰难与险阻似乎已经成了遥远的过去，甚至是久远的传说。生活不是梦，它是我们自己用手托起的一片晴空，只要我们每一个人心甘情愿地为它付出，齐心协力改变它，它就会朝着我们希望的方向一点点迈进。

在中国梦的指引下，我们都是那个追梦的人。生活又因为梦想而更加五彩缤纷，光彩夺目！

（原文刊载于2021年《文艺西安》第2期）

永远的405

一、初到鲁迅文学院

每个人的人生中都有一组或者是几组特殊的文字，而我的人生中，“405”这三个数字对我来说，是一组特别的数字，也是一段让我永难磨灭的记忆和回忆。

405，是我在鲁迅文学院（以下简称“鲁院”）的房号。这些房号，在我们这些学员来鲁院之前，已经被鲁院的老师按年龄编排好，因此，当我到达鲁院的时候，我们这一届的班主任张俊平老师就直接带着我进了这个房间，棕红色的木门上镶嵌着一组数字——405。哦，405，这个便是我的门牌号，以后，我的房号就是这个405啦。我以一种新鲜的眼光打量着这间房子，在此之后，我将要在这个房间里待上整整4个月呢。张老师说，以后你就一直住这个房间。因而，这个405就一直陪伴着我在鲁院的生活。

这是一间西南角的房子，门口有一盆很高大的绿萝，青葱旺盛，绿意盈盈。对面的墙上悬挂着一幅油画制作的沙画，很是精致典雅，透着一种很浪漫很文艺的气息。相比于别的房间，这儿安静清雅，我非常喜欢。走进房间，感觉像是一个宾馆的标准间，干净的卫生间，白色的床单和被褥，电视机和电脑都有，还有一个小的圆形的明黄色的茶桌，桌子两边分置了两把椅子，应该是会客的座椅，门口是一个红棕色的衣柜，可以放衣服和挂衣服，而且衣服架子都是备置好了的。书桌正对面的墙壁上还挂有一幅江南风情的水墨画，整个房间的格调清新素雅，书香气十足。玻璃台面下压着我们班上50多个同学的名字、分组、电话及房间号；桌上还放着一个图片式的名册，是这一届同学每个人的小照片，彩色的，全部缩印在一张硬片纸上；桌上放着两本书，一本是《我的鲁院》，一本是往届同学的留言簿。屋子收拾得干干净净，一尘不染，看着这一切，突然觉得心里好踏实好安逸。原以为，到鲁院了，肯定跟住大学宿舍一样，要和几个同学共住一个房间，没有想到，学院给我们考虑得这么周到，这么优待我们，为我们布置得这么温馨，就像是在自己的家里一样。每个人都有自己独立的生活空间，而且生活设施样样齐全，面面俱到，这让我心里有种说不出来的欣慰感。在现今条件下，国家对文化人真是重视，这么多的学生，竟然给我们每个人提供了这么优越的条件，让我们在这里进修学习，如果我们不能创作出优秀的作品，那真是对不起国家的重视和培养！

整个房子环视了一圈后，我开始整理行李，张俊平老师则坐在茶几边的椅子上给我介绍鲁院的情况。他说："这一届有54个人，但是中直有几个学生，他们都在北京，走读，不在这儿住，因此，在这儿住的也就是你们50个学生；一楼二楼是教学区，三楼是学院老师办公区，四楼五楼六楼都是你们学员的宿舍区，吃饭在地下室餐厅，那是一个综合生活区，有乒乓球室，有健身房，业余时间你们可以在那里活动。当然，你们的一日三餐也在那里，我是你们这一届的班主任，以后的4个月，我将和你们一起度过，看着名单，你们都比我年长，在以后的工作中还希望你们多多配合我。"说完，他看了看手机，说："不早了，快6点了，餐厅已经开饭了，去迟了就没饭了。"听他如此说，我三下两下简单地将东西往衣柜里一放，对张老师说："那咱们去吃饭吧！"

我们一起乘坐电梯来到了地下室的餐厅，张老师问我吃什么。我一看，各式各样的菜都有，荤的、素的，便点了一个荤的两个素的。张老师掏出一张卡，刷了，说：“你们以后吃饭刷各自的饭卡，明天早上你就拿着你的房卡去办一张饭卡。”我说好。他又说：“这一顿饭我请你！”我感激地说了声：“谢谢！”等于说在鲁院的第一顿饭是张老师请我吃的，面对这个温和悉心又周到的老师，初来鲁院的陌生感和孤单感一扫而光。其实，我没想到我们的老师会这么年轻，心里就想，这鲁院真是人才济济。看到张老师虽然年轻，但是对人热情、周到、细致，心里便暖暖的。“独在异乡为异客”，并非所有在异乡的生活都孤独飘零，而此时的我，便有归家之感，美丽庄重的学院，清雅温馨的居室，丰盛可口的饭菜，这一切莫不让人身心皆怡。吃饭的时候，张老师对我说：“今天你是鲁院里唯一的一个学生，中午来了一个，也是女同学，把东西一放，就去亲戚家了，所以晚上整个宿舍楼就只有你一个学员。”我见他如此说，便问：“您呢，不在这儿住吗？”他说：“我在八里庄鲁院老校区职工宿舍住，待会儿我还得回去。”我说：“那这楼上没人了吗？”张老师见我紧张，便笑着说：“门口有保安，楼上还有一个工作人员，不要紧，这里很安全，你放心。你今天坐了一天的车，也很累了，待会儿吃完了饭，你就回宿舍，将东西整理好，漱洗一下，休息吧。估计明天，学员就都来了，明天是学员报到的日子，没有特殊情况的，一般都会来，明天晚上你就不寂寞了，这楼上到处都会是人。”我不好意思地低下头笑了，说：“没事呢！我待会儿回房子再将东西整理一下，就睡觉了，晚上地方不熟，也不出来，您放心好了！您还要回老鲁院，那咱们赶紧吃了，您好回去！”张老师又笑了笑，说：“不急，你吃好！”

我们吃完了饭，张老师和我在电梯里告别，让我好好休息，恢复下体力，我和张老师说了声：“再见！”张老师出了电梯，我回到了我的405。

此时，窗外已经黑了下来，只有院子中一些房子影影绰绰，模模糊糊，其他的什么也看不清，能够看到的，是更远处的万家灯火。

我拉上窗帘，以期让自己心里安定一些，然后继续收拾自己的衣物。我将那些要挂的衣服挂了，要整理的衣服整理了，洗漱用品和化妆品分别摆放到卫生间里，就开始洗澡。

洗好后，换上睡衣，便上了床。躺在雪白的床单上，总有一种住宾馆的感觉。哎，我要在这里待 4 个月呢，何不自己买一套床上用品？对于自己的居室和卧室，我还是喜欢温馨一点的环境，这么想着，便开始动手在淘宝上找了，找来找去，发现了一款水红色的床上用品，四件套，看着颜色就喜欢，温暖怡人柔和，跟屋子的格调配上，应该是不错的，就下了单。

买了床单被套，我顺手拿过学生名册，看看明天要来的都是哪些同学，他们都是哪里的、做什么的、长什么样。此时此刻，对于这些同学，我是非常好奇的，能来这里的，都是各省有一定影响力的作家，一届同学，只有 50 多个名额，加上各行业作协，平均下来，一个省也只有一个录取名额，因此，能来这里学习，真可谓筷子里面拔旗杆，是一件非常不容易的事，也是值得我们所有学员珍惜的。

在我们这一届中，男同学多，女同学少，此后的 4 个月，我们将一起度过。

四周很安静，没有一点声响，除了我自己的心跳声和呼吸声，什么也听不到。想想，时间不早了，跟家里通了电话，并给他视频了我所居住的环境，报上一个平安，就拉上被子睡下了。这一觉，便东方发白。

这个晚上，405 是我最安全的处所。

二、以文聚南北

早晨醒来，才发觉，已不是老家柞水，也已不是西安的家，抱着对陌生地的好奇，迫不及待地拉开了窗帘，昨天没来得及看清鲁院，现在终于天光大亮，突然很想好好地看清我神往了那么久那么久的鲁院究竟是什么样子？

楼下是一排玉兰花树，打着花苞，还未盛开，看起来光秃秃的，树很高，横向排列。玉兰花树的前面，是一条宽阔的人行步道，在步道的对面，是很大的一片梅林。在梅林正对着我的方向，有一块巨石，上面写着“传承创造担当超越”八个红色油漆大字。此时的梅林，只有灰白色的干和枝，一律倔强地向上生长着，梅林旁边是一个弯弯的小湖，后面是一个篮球场，再远处是中国现代文学馆。我是从建筑上的字看到的，正对着我的那幢房子上有宝蓝色“中国现代文学馆”七个大字，因此，让我得以识别，那些房子错落有致，占据着很大的一块面积。

我眼前还有两条路，一条是我昨天进鲁院的北门的路，一条是自我窗下端直向前的路，后来才知道，它是通向另一个门的，当然，也经过现代文学馆，文学馆和鲁院共处一个院子，都是中国作协的下属单位。

远望，所有的一切都是模糊的，无法满足我内心的好奇。我索性穿了鞋子，总归是天亮了，也不害怕了，想咋逛咋逛。我历来是一个自信而胆大的人，这些年来，因为文学，因为爱好，我一个人走南闯北，去了好多的地方，从来也没有迷过路，我始终谨记，该谨慎的一定要谨慎，该大胆的一定要大胆。现在天色大亮，老师们也都会陆续来到，说不定食堂的工作人员也开始工作了呢。虽然我看不见，但在某间房子里，或者是在某个屋檐下，一定是有人的，更何况不远处的北京大街上，早已经是车水马龙了呢。

我穿了鞋，坐电梯下了楼，出了巨大的玻璃旋转门，便站在院子中间了。此时是3月，草木尚未复苏，万物都在蠢蠢欲动，玉兰花正打着苞，估计不出三五日，它就会像熟透的豆角一样热烈地绽开。我没有走大路，而是从梅林中的小径中穿过去，院子里有很多的雕塑，人物有教育家、革命家、作家。当然，以作家居多，有顾毓琇、叶圣陶、老舍、曹禺、丁玲、赵树理、艾青、沈从文等，还有写《荷塘月色》的朱自清，他着一袭青衣青袍，端坐于荷塘边上，最显眼的应该是冰心，别的像都是铜灰色的，只是冰心的塑像是玉白色的，圣洁而清雅，让人肃然起敬。在近处一看，原来是冰心墓地，在她塑像的脚边还有一束尚未凋谢的玫瑰，估计是昨日或者是前几日才送来的，能来看她的，也都是文学路上的追随者。唯愿她永远玉洁冰清，"一片冰心在玉壶"，把一份爱与真挚永留人间，我向这个世纪老人送上我的永恒的祝福!

当然，在这个院子最核心的人物，应该是鲁迅了。鲁迅的像是一个半身雕像，面部硬冷的轮廓，显示了他的倔强、顽强与不屈，横眉下，一双冷峻而犀利的眼睛，如剑，如戈，如匕首，在刺穿和洞穿着世人的心，把万千栏杆拍遍。"横眉冷对千夫指，俯首甘为孺子牛"，他有着战士般的勇毅与果敢，也有着兄长般的宽厚与慈悲。对敌人，他毫不留情；对同胞，他哀其不幸，怒其不争，他一生都在同各种反动势力作斗争，他的一生，是战斗的一生，是革命的一生，是抗争的一生。他用一支如椽的巨笔在唤醒着麻木的思想和灵魂，把救国救民当作自己毕生的事业，敌人被它骂得理短三分，人民被他鼓舞得热血沸腾，往世之作家，当世之作家，有谁堪与之匹敌？而今，鲁迅走了，他留下的不仅仅是一套《鲁迅全集》，更是中华民族气宇轩昂的内核和魂魄。鲁迅的一生，在嬉笑怒骂中践行着对一个民族的救赎，以文字的光芒穿行在刀光剑影中。而我们今天，来鲁院学习，不只是学习写作的理论和技巧，开拓眼界，更重要的是学习鲁迅的精神，为国为民坚韧不拔昂扬挺立的精神，致力于人类的和平民主与进步。我们的一生有很多的职业可以选择，但我们为什么要从文？文学为什么崇高又神圣？就是因为它是让一个民族顶天立地的基因，如果我们没有高贵的思想，没有健康的灵魂，没有知荣辱、明善恶、辨是非的心，那么，我们和那些飞禽走兽又有什么两样？我们人类又凭什么算高级动物？

返回时，整个鲁院依然静悄悄，只有我一个人在院子里来回穿行，我进了旋转门，走进鲁院的大厅。这时，保安已经上班了，他热情地给我打招呼，我惊讶地问："你认识我呀？"他说："认识，你叫徐祯霞么！"我吃惊地"啊"了一声："你咋知道我叫徐祯霞？"他解释说："昨天就你一个学生在这住着，当然是你啦！"保安厉害，能当警察啦。接着他又说："待会儿人就会陆续来了，往年一般都是这样，我们今天的工作就是给你们做好接待。"我由衷地说了一声："谢谢！"和保安聊着的当儿，我看到了大厅的墙上有很多人物的画像，我问那是什么，他说都是近当代著名作家的肖像，并指着前方一个对开的大铜门说："那里面以后就是你们上大课的地方。"我轻轻地"哦"了一声，说："那我去看看！"他说："去看吧，都四处转转，先熟悉熟悉环境。"

我径直朝有肖像的地方走去，那里有很多人熟悉的近当代作家，他们挨个儿排列着，用一种思考的眼光凝视着这个大厅。这是一个环形的大厅，其实整个鲁院的建筑也是一个环形的建筑，除了正门，所有的房子都围成了一个圈，而这些肖像就在靠近教室的后半部分，有我喜欢的萧红、张爱玲、沈从文、三毛，还有林白、端木蕻良等，很多，几十位作家。悬空的部分，整整两排，我一一看了过去，他们都是已经故去了的近代的著名作家，有着显赫的文学成就，在文学界时常被人津津乐道，他们是前辈，他们是老师，他们亦是大师，他们的作品和他们的人生都是一部旷世大书。我们在这里学习，而他们，将始终陪伴着我们，以前辈的目光注视着我们，时时催促着我们，时时激励着我们，春色尚好，不负韶华。

在肖像墙的后面，是我们的大教室。这是一个很大的立体教室，一间教室可以抵得上一般的三四间教室，整齐地摆放着红木的桌子和黑皮的椅子，上面有讲台，还有多媒体投影，四周悬挂着红色的金丝绒吊帘，开阔有序，整齐整洁，一切都是那么的高雅大气和庄重，让人觉得来到这里，就像是到了贵宾室和大礼堂。

鲁院文学院，不愧是中国文学的最高学府，这里从建筑设想、文学理念到人文环境，无不彰显着鲁院工作者的匠心独运和文化气质。

早餐后，同学们陆续来了，鲁院开始热闹起来。张俊平老师和鲁院其他几个我不认识的老师已经忙活开了，报名，签到，领房卡，人陆陆续续地上楼，各个房间的门都在“砰砰”作响，一时间，到处是人声、脚步声、门一开一合的声音。

我的隔壁住了一个山西的作家，李心丽。路过她的门口，我们很自然地打招呼了，她冲我微笑，我也冲她微笑：“来了？”她说：“刚到呢，你住哪呀？”我说：“我405，你的隔壁。”她喜悦地说：“啊，我们是邻居呀，真好，认识你很高兴！”我也开心地说：“认识你很高兴！”于是，她就让我进她的房间坐，又说：“以后咱们是邻居了，不要客气，没事多交流哦！”我应着，便随她进了屋，我们房子的布局是一样的，只不过是卫生间是背靠背。

李心丽住404，我们不仅是邻居，在以后的日子里，我们还成了彼此在鲁院最亲密无间的朋友。她是山西吕梁的文联主席，主要是写小说的，一个恬静可爱的女子，性格极温柔和顺，说话声音细细的、绵绵的，而且待人真诚厚道，我初一接触就喜欢上了她。她问我是哪里的，我说是陕西商洛柞水的，她说，不知道有柞水这个地方呢！我说："我是贾平凹老家那块的。"她便笑道："贾平凹，大作家嘛，你们那儿厉害，出大作家。"我说："我跟他是老乡，但却不算同乡，我们一个市的，但不是一个县，商洛六县一区，他在商洛丹凤，而我在商洛柞水，隔得其实挺远的，算是半个老乡吧！"她说："有贾平凹的大名撑着，谁敢小看你！"我被她逗乐了，说："平凹是平凹，我是我，作家还是得靠作品说话。"她说："你还挺正直，很多人巴不得攀个名人呢！"我们都笑了。

一会儿，门口又来了一个人，留着长长的粗辫子，用歌词里的话就叫麻花辫，真的好黑好粗哟，怎么留得这一头浓密的好头发的？我心里疑惑着并打量着。还没等我们开口，她说话了："你们好呀，都来得早，见你们的门开着，就来认识一下！"我们也都回着："你好！"我习惯性地问了一句："你住几号？"她说："隔壁，403。"我说："哦，那我们三人都算邻居，我405，咱仨挨着。"她说："哟，那真好，以后都相互关照啊！"然后心丽就让她进来，她也就很自然地进来了。她自我介绍说："我叫古筝，蒙古人，你们都是哪儿的？"我说我是陕西的，心丽说她是山西的，古筝便取笑："你俩比我亲哪，山西陕西就隔着一条黄河，本身就是一家子哟！"我和心丽相视一笑，被她说乐了，咱都是亲人，五十六个民族是一家么。她说："嗯嗯，以后咱们就是鲁院三姐妹了。"我们三人便这样相识，便这样结成了鲁院交往甚密的朋友。

不一会儿，手机便响开了，原来有同学建立了微信群，一会儿就加进去了好几十个人，众人在群里就"叽叽喳喳"地说开了。大家在群里都相互打招呼和问候，有说生活情况的，有问学习情况的，反正就是讨论我们在鲁院的生活是如何开始，谁谁谁都住几号房间，从哪里来，还有的就相互招呼，来房间坐啊。因为都是作家，虽然才到一处，似乎也都不客气，也并不陌生，大家自由地聊着，自由地交往。人是群居动物，所到之处总会跟某个人或者是某些人发生联系和交往，更何况独处异地，也都希望抱团取暖，自然很快地熟悉了，这是同学们正式到鲁院的第一天，大家就这样从陌生走向熟悉了。

三、六个光头

最初，鲁院只来了一个剃着光头的作家，云南人，叫窦红宇，在报社供职，写小说的，我跟他认识是在学员报到当天下午鲁院的餐厅里，吃晚饭的时候，我们坐到了一个桌子上，便聊起了相互的情况。当时，他的一句话给我逗乐了，我问他上班忙不忙，他说一天吃了睡，睡了吃。当时，可把我逗乐了，我说："哎哟，你这班上得也太舒服了。"后来才了解到，报社是晚上上班，白天休息，照这样的话，他白天确实是吃了睡，睡起来了又吃，只不过是他这样幽默一说，挺逗人的。

后来又冒出来一个青海来的光头，少数民族，叫华多太，一个很绕口的名字，他说话口音很重，感觉像是蒙古族或者是藏族，是个诗人，写诗用藏文，多数同学都看不懂，假如他不用普通话跟我们对话，他说什么，我们根本就听不懂。总感觉他的身上有一些很神秘的东西，长相、口音、语言似乎都跟我们大不相同。这是一个稳重老成的大哥，皮肤黑黑的，估计跟他们那儿光照时间长有关系，说话有一句说一句，慢条斯理，不慌不忙，不紧不慢，有时也会跟人说笑，脸上闪过一丝狡黠和顽皮，让人捉摸不定。说他稳重吧，有时他也会冒出一两句怪话，让人一愣，愣过之后又不禁捧腹大笑。

见这两个光头，头上亮亮的，就有同学模仿，模仿的这个同学叫吴启贤。其实他是一个周正的人，长得端端正正，性子稳稳当当，而且还戴着一副眼镜，不急不躁，在同学中属于冷静型的。可是他剃了个光头，他的这一举动，在同学中炸了锅，吴启贤剃光头了！吃饭的时候，50多双眼睛都瞅向吴启贤头顶，知道的看，不知道的听同学说了，也忍不住好奇地看。一时间，看他的光头比吃饭来劲多了，更有好事的男生跟着一块起哄："哎呀，这光头好看，太闪亮了吧，有多少伏，怕比200来伏的大灯泡还要亮哟，以后我们鲁院就可以不用电了，晚上就靠你照明读书了！"还有人说："这是怎么了，这一届流行光头哇，咋一下冒出了这么多的光头呢，是不是今年流行剃光头？"众人说得个个喜笑颜开，合不拢嘴，饭都顾不上往嘴里喂，一个还没说完，另一个就将话头抢过去了，整个餐厅吴启贤就成了一个焦点和明星，所有的目光和话题都围绕着他，说得起劲，笑得起劲，看得也起劲，估计在鲁院，那一天中午的饭吃得最香了。

为什么大家对吴启贤剃个光头这么关注呢？对一般人来说，头发不好了才剃光头，以掩饰零零落落几根头发的尴尬，或者是少年白剃了个光头，以掩盖人生的无奈。可吴启贤呢，他既不头发少，也没有白头发，而且头发又黑又浓密，他来的时候，是顶着一头浓密的黑发来的，一副文质彬彬的书生相。因此，当他突然以一个光头的形象出现在众人面前的时候，落差太大，以至于大家都觉得不可思议，认为这不应该是他应有的行为和形态。有的开心，有的奇怪，有的不解，甚至有的还为他可惜了那一头浓密黑亮的头发。这好好的男士形象，咋忽地一下子整成了个光头，实在是令人费解。

就在吴启贤剃光头后没几天，又冒出了一个光头，这个光头叫沈俊峰。其实，沈俊峰的光头不是现剃的，在入学的时候，他一直戴着帽子，是那种打棒球的翘檐帽，黑色的。因为来鲁院的时候，正是3月的天气，天还寒凉着，好多的女生都是戴着帽子来的，现在还一直戴着，所以他戴一个翘檐帽，也没有人觉得奇怪，反正一年四季，总有爱戴帽子的人，大家也都见怪不怪了。而当沈俊峰突然以光头的形象出现时，人们才发觉，这原来也是一个光头，估计怕太闪眼，所以就一直戴着顶帽子。现在看到班上都好几个光头了，而且有头发的也都剃成了光头，他索性也摘掉了帽子，以真人面目示人。这一下，班上就有了四个光头。

见班上一下出现了四个光头，几个人往一起一坐，锃亮闪光一片。山东来的宋长征一看，嘿，这还不错，我也剃光头呀！宋长征本身就是一个理发师，在来鲁院的时候，他开有一个理发店，来了鲁院之后，成了鲁院的专职理发师，不光给男生理发，也给女生打理头发。因此，在鲁院，宋长征算是一个热闹人物，除了上课，他宿舍里总是人来人往，有时还得排队等候，不想排队的，就提前预约，他要剃光头，当然也是极简单的事。人都说医生给自己看不了病，理发师给自己理不了头，要说吧，理发师给自己理个复杂的头，是不容易，因为前面看不到，不是闪眼，就是闪手，而剃个光头，却是最简单不过的小事了，拿了电推子，绕着头，三下两下，也就将一个头给修理了，理不净的地方再理二道。

起初，别人以为他说着玩，没想到，第二天上课的时候，他竟然真的剃了个光头。他一走进大教室，大家都笑道："长征，来真的啊！"宋长征说："咋不是真的，说剃就剃，不含糊。"于是，这个到他头上去摸一把，那个到他头上去摸一把。"让我看看，剃净了没有，估计没剃净哟！"一众男生都到他头上去挠，宋长征只好边推边说："去远点，都去远点啊！"众人都大笑不止。他们的嬉闹，将众女生的目光也吸引了过去，就有人走上前说："长征啊，咋啦？准备搞光头党啊！咋咱班上一下冒出了这么多的光头，我们这一届估计是鲁院历届学员中最耀眼的一届了，都这么多光头了，赶快合影合影，给你们照相！"于是郝随穗和陈夏雨就抱着相机来了，左几下，右几下，只听得相机"咔咔"直响，几个光头便定格在相机里了，"一会儿发微信群里啊，让你们好好闪亮一下！"正说着，授课老师进了大课堂，大家都赶快坐到了各自的座位上。

中午吃饭的时候，宋长征成了大家交谈的话题。有人说："长征，你一个写散文的剃个光头不好，诗人应该剃光头，你咋剃了个光头，跟你的文风不对，写散文的人就应该文文雅雅，不至于这么疯狂！"又有人说："长征，你这头一剃，咋看着像蒋介石了呀？"大伙儿再一细看，别说，还真有几分像，就是比蒋介石壮一些。要说光头的长征的样貌，他与蒋介石还有几分酷似。此后很多同学因为他的长相跟蒋介石挺像的，就调侃他为校长，时间久了，都不叫他的名字，直接管他叫校长了，当面叫，微信群里叫，背后一伙人说起他，也依然叫他校长，而"校长"便成了他在鲁院的代号，也成了同学们称呼他的习惯。

谁知没几天，班上又多了一个光头，这个光头是曹立光，一个诗人，来自东北。这也是一个很有个性的同学，为来鲁院，因为单位领导不给假，就索性将工作辞了，冲着这一点，便足以证明，他是真爱文学，爱文学爱到了骨子里，爱得决绝，爱得义无反顾。他的出现，真的是让我们班炸锅了，谁也没有料到，我们这一班同学流行光头，个个以剃光头为荣，个个都在向光头的行列靠拢，光头竟然成了男同学的潮流和时尚。当然，他是一个诗人，修长发，留光头，都是可以接受和理解的，诗人嘛，多个性！于此，班上整整凑足了六个光头。人有时还真是奇怪，俗话说："物以类聚，人以群分。"这六个同学，他们都留了光头，自然而然地就觉得都是一类人了，玩了爱在一块儿凑，聊天儿了爱在一块儿凑，包括吃饭都爱凑一桌，个个闪着个光溜溜的脑袋，凑在一起，甭说，还真是引人注目，分外耀眼，而这六个光头同学，也便自然而然地成了鲁院的一景。

在这个班上，还有一个来自重庆的徐庶，他跟我是本家，在鲁院，他认我做了妹妹，我们都姓徐，他有这个提议，我也觉得挺好，天下徐家人本身就是一家嘛。他不仅有一个跟三国里的徐庶一样的名字，而且长得跟陈光标极像，浓黑的寸发，方方正正的国字脸，棱角分明的五官，只是比陈光标略瘦，让人见了，都以为是陈光标的弟弟，其实八竿子打不着。当然，还有前面说的那个面貌酷似蒋介石的宋长征，似乎这个班也一下名人荟萃了。

四、退学的索穷

索穷是藏族人，在众多的同学中，他是一个另类，穿着厚重的衣服，戴着一顶遮住半边脸的帽子。最主要的是他不怎么说话，只是用眼睛打量这个世界，在刚来的时候，经常是一个人独来独往，对于他的印象，或许是因为陌生，或许是因为我们交流少。

起初，因为新鲜，同学们都频繁地相互串门，能玩到一起的就迅速地成了哥们儿姐们儿。但在好长一段时间，他都游离在同学们之外，一个人上课，一个人吃饭，甚至一个人外出，而且每次外出都带着一个粗大的布包，不知道里面装的是书，还是什么别的物品。

各人都有了玩伴，似乎大家也就忽略了还有索穷这样一个人，最起码对于我来说，是这样的。我和李心丽、古筝三个住一排，我们便时时聚在一起，古筝是一个认真的人，经常让我们对她的作品进行点评，让我们只管说，说什么她都能接受，有时一个作品一说说到半夜，还不放我们回去睡觉。其实，到鲁院就是研修作品的，我觉得她是对的，但又觉得她太认真了。李心丽是一个性情温和的人，什么话题都能谈，因此我们三个人在一起，绝不无聊，老有说不完的话，和其他的同学，也会时不时地在一起坐坐，喝喝茶，聊文学，也聊各自的生活和创作。但是唯独对于索穷，我们一直都没有走近他，偶尔在打饭的时候，或者是在楼道里遇上，也就是打个招呼。他不邀请我们，我们也没有邀请过他，或许我们被他的冷峻挡在了心门之外，近两个月的相处，我们却一直没有什么交集。当然，他跟一些男生或许是有来往的，因为在跟一些男生聊天儿时，他们常常说到索穷，说索穷能来鲁院上学不容易，他们那边艰苦，而且他的工作似乎是不自由的，一边在鲁院上学，一边还得兼着单位的工作。我就好奇，为什么已经离开单位却不将工作交付给别人去干呢？既然出来学习了，怎么还让人兼顾工作？这似乎也是有点太不合乎情理了！因为，很多同学都是全脱产来学习，其中就包括我，当然这里不乏很多作协和文联的领导，他们纯粹是带着文学的兴趣和使命来的，相比索穷，他们有多自在和幸福啊！

某一日，有同学说，索穷要退学。我听到这话，眼睛瞪得老大，开玩笑吧？能来鲁院，是所有文学人梦寐以求的事，有人将鲁院称作中国文学的最高学府，有人将鲁院比作文学的黄埔军校。全国那么多的人想来鲁院学习，但不是每一个想来的人都能来的，这要经过层层推荐，层层选拔，要有相当的写作实力和成绩。这样的一个机会对于一个作家来说，有多难得，有多不易，好不容易一脚踏进了鲁院，他却要退学？同学说，不是玩笑，索穷真的要退学，他单位的工作忙，他在鲁院，根本就完成不了单位交付的工作。摆在他面前的只有两条路，要么回单位上班，要么在鲁院上学，但继续在鲁院上学，就有可能丢掉工作，单位就会另外任用别的人员，意味着索穷将会失业。最后，索穷选择了退学，可能于他来说，这一份养家养命的工作，还是重要些。

消息得到确证，我在心里发出了一声长长的叹息，怎么会这样？太可惜了呀，好不容易来了鲁院，不就是四个月嘛，可四个月的学业却不能完成，要在半途退学，两个月，还有两个月，难道就不能再坚持坚持吗？相比索穷，我们都是幸运的人，单位和当地政府都给予我们最大的支持，让我们拿着全额工资，能够全心全意地在这里学习，心里又涌出了深深的感激。

知道索穷要走，总想着还是应该去看望看望这个同学，给不了他什么抚慰和帮助，最起码做个告别，毕竟大家同学一场，虽然交往少，但是是文学让我们走到了一起，而他这一走，又不知何日能够再见，或许此一别，终生便不能再相见。于是，便打算去他的宿舍拜访拜访他，以弥补这一段时间没交流的缺憾，但是晚上却忽然临时有事，没有能够去成，第二日他便走了。据说，他走的时候，有几个男生去送了，而我终究和他擦肩而过。

索穷走后，才从同学的口中了解到一些关于他的消息。他是西藏措勤县人，还曾在咸阳的民族学院读过书，他写小说，但他的另一个身份却是记者。这么多年，他一直在致力于藏族文化的发掘和研究，在来鲁院的时候，他的身份便是某刊物的一名记者。他是西藏那片土地上比较早走出来的作家，用他自己的话说，他就是一个写字的，他希望将字写好，希望用文字的方式将西藏那片土地呈现给世界。

对于索穷的离开，同学们和老师都颇为遗憾，都觉得毕业了，应该给他补上一个毕业证书，以了却他这个未竟的愿望，毕竟他也是实力作家。

五、拔河比赛

有同学说要和老师比赛，当然不是比赛文学成就，而是比赛体力。因为在鲁院有一个武林人物，这个人便是鲁院的常务副院长邱华栋先生。邱华栋先生虽然以文学入世，但是却是一个武术爱好者的形象进入我们的视野的。说到底，大家还是好奇文学之外的邱院长作为一个武术爱好者，他的武功究竟怎么样，是不是像金庸小说里写的那么神乎其神，力拔千斤，这些调皮的同学便蠢蠢欲动。于是，便有了这样一场老师和学生之间的拔河比赛。

那是一个阳光晴好的初夏的周末，老师们都如期来到了学院，我和几个女同学在帮忙做准备工作，准备礼品，当然，在此次活动中，我们也是参与者。我们在大楼的左边将东西一一摆放好，又备上了矿泉水，算是一切停当。老师们拿来了绳子，男生们便一拥而上，在一片喧闹声中，邱院长出场了。这一天，他身穿一件宝蓝色的短袖T恤，显得格外精神，这些同学想挑战他，他也精神饱满地应战。

邱院长是一个性情开朗的人，永远那么朝气蓬勃，永远那么充满阳光，看到他，就感觉天都晴了，看到他，就好像是看到了盛开的向日葵花，满地的金光灿烂，在他身上，似乎永远没有烦恼和不快，他总是那么精神焕发，神采奕奕。有这样一位院长作为我们的文学领路人，带着我们徜徉在文学的海洋，也是一件让人身心愉悦的事情。

据说，邱院长是新疆人，强健的身体，浓密的黑发，还略带一点自来鬈，因此，他的头发总是立在头顶，如他的人一样姿态昂扬。可能是因为经常练武术的原因吧，他虽然强健，但并不显胖，肩宽体阔，一副很爷们儿的样子。要从写作来说，他是少年出道、成名早的作家，他16岁就开始发表作品，后被武汉大学破格录取。以前我不知道他是武汉大学毕业的，但是见他每年必发武汉大学的樱花照片，才知道，他对武汉大学以及那里的樱花有着深厚的感情，他喜欢那些樱花，那些明媚的花儿一如他灿烂的笑容，永远绽放在文学的天空。

在作家中，邱院长属于文武双全的那种，要说能说，要写能写，要说抡胳膊上阵，他也是勇士一枚，所以，不仅男生们喜欢他，女生们也喜欢他。在他跟前，似乎大家都是朋友，可以自由地畅谈和交流，而他也总以兄长的姿态关怀和爱护着我们，让我们在鲁院待得心情愉快。在武术上，他不仅练拳、练棍，也练剑，他的专注和认真，也常常将我们带入另一种力与美的江湖，因此作为一个全才形象，很快成了很多男同学心目中的偶像，一说到邱院长，个个都兴奋无比。这次拔河比赛，说是比赛，其实大家也是想跟邱院长一起娱乐娱乐。

学校的老师都参加了，一边30个人，老师和学生人数相同。一些不喜欢运动的同学就在一边加油，做啦啦队，一些同学摄影，我是作为拔河队员参加的。很多年没有参加拔河比赛了，这种活动在上小学的时候学校体育老师常常组织，后来便很少有机会这样娱乐了。今天的这次拔河比赛，勾起了童年的记忆，我参与也是想找回记忆里的感觉。每个人的人生都是不一样的，每个人的人生所储存的记忆也是不一样的，很多的记忆串起了我们或者丰富多彩，或者曲折坎坷的人生，在此时，我似乎从眼前的鲁院，一下子又跨越到了童年时代的学校，两群人各自在绳子的两端拼命拉力，以决胜负。记忆就像是一束光，它不仅能照亮现在，还能照亮过去。

此时，老师们放下了自己的矜持，个个如勇士一般。副院长王璇也参加了，她是部队转业到鲁院的，是一个优雅和蔼的院长，脸上永远都带着蒙娜丽莎般的笑容，每每见之，总让人如沐春风。邱院长更是一马当先，作为实力队员，他似乎是以一敌三的，他拿出了自己武术家的风范，摩拳擦掌，两只手紧紧地抓住绳子，身子后倾，俨然一个专业运动员的形象。同学们自是不甘落后，男生们靠前，女生们殿后，我被裹挟在同学们中间，因为我此前参加过这种运动，有些经验，知道怎么用力，知道保持怎么样的姿势才能增加同学们的合力。我们都是抱着一种玩的心态来挑战老师们的，我希望作为武术家的邱院长赢，也希望我们自己赢，我是带着这种矛盾的心情参加这场拔河比赛的。虽然邱院长厉害，但是鲁院的女老师占多数，不像我们这些学生个个生龙活虎。老师赢了，我们年轻人没面子，我们赢了，又不忍心让邱院长的队输掉，毕竟他不是作为一个文学家，而是作为一个我们心目中的武术家来参加比赛的，而此时在我们的心里，也是这样设定了他的形象的。

第一局，我们赢了，第二局，邱院长他们赢了，但男生们又勇夺了第三局，是三局两胜。有同学便说，再比一场，于是，又比起了第四场。我从侧面看到邱院长额头滴下汗珠，口里不停地喊着口号“加油加油”，他是真的在认真地参加着比赛，没有一点敷衍和应付的成分，这又让人从内心对他肃然起敬。这是一个认真对待生活的老师，在任何一件事情上他都能做到百分之百的认真和全力以赴，真正干事情的人似乎便是这样。

此次拔河比赛最终以二平定局，当然，纯粹是娱乐，赢的输的，哪怕工作人员都有奖品，一个保温杯，我选了粉红色的一款。我想选一个自己喜欢的颜色，也是为了留作一个纪念，这个比赛的杯子我自己会留用，将它作为一种记忆永远地伴随在我的身边，看到这个杯子，便会想到在鲁院的快乐时光。

六、两个高大的军人

在鲁 29 班，有两个特别显眼的同学，分别是朱旻鸢和西元。两个人都是大高个儿，身高都在一米八以上，而且都常以一身青绿色的军装出现，很是与众不同。这两个同学都是军旅作家，都是写小说的，同是来自北京某部队单位。

一周后，经过同学选举和投票，朱旻鸢成了我们的班长，毫无疑问，这个大高个儿军人作为我们的班长是合适的，最起码以他的军威，可以压得住那些调皮捣蛋甚至有些顽劣的同学，在当时，我是这样想的。

朱旻鸢做了班长之后，对工作倒是蛮认真负责的，很像个班长的样子，对班上的每一位同学都能尽力地照顾到，这对一个班长来说，是称职的。他常常以一个老大哥的身份照顾着我们，不管是哪个同学有事，他都尽力而为、分忧解难。在鲁院，我作为宣传委员，也在班委成员之中，因此，班上的一些事情，我也常常参与，在此期间，与他的接触和交往比较多。作为一个军人，他身上有着正直阳刚的品性，对同学能一视同仁，而且富于公心和爱心，践行着一个班长的担当。他当了班长之后，就在想，我们来鲁院一趟，能留下一个什么样的纪念品就好了，在和班组成员商量之后，决定刻上一个鲁迅的图像，然后下面刻上每一个同学的名字，这也是一个永恒的纪念，因为是我们自己要做纪念品，这个费用就从我们交的班费中出。他说弄，大家便开始策划着弄了，毕竟，他工作在北京，对北京的事比较熟悉，大家交给他，是百分之一百二十地放心。

要说朱旻鸢吧，在同学里不算年长的，但是他却非常稳重，可能是因为军人的身份吧。西元也是一样，沉着冷静，每次见面他都会很温和地主动跟人打招呼，让人感觉到一个军人的素养。说句心里话，我对这两个军人的印象都是极好的，因为我自小崇拜军人，甚至希望自己有朝一日也能走进军营，成为一名真正的军人，这个希望最终落空，军人于我而言，便成了一种永久的向往和遥望。如今，能在鲁院和两个军人作家做同学，近距离地感受军人的伟岸和魅力，也是一件有趣的事。

总觉得“伟岸”两个字用在朱旻鸢和西元的身上是再合适不过的了，两人都大高个儿，身高在一米八以上，不胖不瘦，典型的军人形象，他们两人身着军装的时候，在我们这个班里俨然就是一道生动的风景。因为他们的出现，那种蓬勃的绿色，总会让人眼前一亮，似乎世界也因此变得庄重与刚劲，最主要的是，两个人不仅帅气刚健，而且都是彬彬有礼的谦谦君子。在两个人身上，还有一个共同点，就是小说写得都好。他们都是专业小说作家，在北京的刊物上发表作品是常有的事，因此，在我眼里，两个人都是颇具实力的。事实证明，也确实如此，两个人经常上大刊、入选本。因此，我觉得这两个同学的人生很有趣，能够成为军人，在我眼里，已经是人生之幸，而且他们还都是北京的部队干部，都有机会从事文学写作，一板一眼的军营生活，却有着文学所跳跃出的丰富多彩的文字作为作料，他们不仅可以写军营，还可以写大千世界，那该是多么丰富而又意趣盎然的人生呀！

对他们，我除了欣赏，还有羡慕，羡慕他们不仅有这样威武俊逸的人生，更羡慕他们拥有的那份无上荣光。一个人，成为军人，生命中便有了一份血性和刚毅；一个人，成为军人，生命中便有了一份使命与担当。对于家，对于国，对于这世间的每一个人，也便有了一份如兄弟手足般的深情与热爱，这是军人的大爱所驱。这一切充分体现在他们对我们每一个同学的友好上。

朱旻鸢喜欢古玩，他的手中常常拿着串珠和珍玩，逗引得同学们争相观看、把玩。他的性格永远都那么平和，同学说什么他都不计较，永远以一种宽容之心来和同学们相处。他在同学群里常常以发红包的角色出现，红包一出现，群里立马就热闹起来，就算再闷头写作的同学也会出来露个脸，这让他在同学中又多了一些可爱，毕竟大家都喜欢抢红包时的快意和欢乐。有人调侃他是朱元璋的后人，他也不反对，还自称是大明的后裔，大家便取笑他；你可不能吃猪肉啊，朱元璋是最忌讳人说"吃猪"的。

在同学眼中，西元是豪爽大气的人，很多的聚餐，都是西元抢着买单。西元出书了，给全班每个同学都送了一本，而且是快递邮寄来的，这让我再一次验证了这个同学的厚道与义气。书名叫什么，我得在书架上翻翻，叫《界碑》，是一部军事题材的小说，这份远道而来的情谊和心意，让人感念不已。

今年4月份，我的第三本书《月照长河》出版，出于礼节，我也给西元寄去了一本。数日后聊天儿时，突然意兴一起，我说：“西元，给我的《月照长河》写篇文章吧。”西元很爽快地说：“行，我抽时间给你写，但是得先读了你的书。”我说：“好的，我候你哟！”不久后的一天，他便发来了他为《月照长河》写的书评《白瓷一样的语言》，看了他的评论，我能感觉到，他是真的读了我的书了的。西元的认真，不仅是在做人，而且在做事上也是一样，丝毫不敷衍，真诚以待。为此，我心里又涌出暖暖的感动，那是一份来自远方的同学情。

文人在一起，意趣横生，可是在个别文人身上，又有一些不好的毛病。文人相轻，这似乎历来是文人圈的通病，作为一个单纯的文人，我是最不喜欢这样的。向来，文无定法，也无一个明确的度量衡，文人相遇与相识，是缘分，都应该珍惜。互相借鉴和学习，以使自己能够进步和提高，但在个别文人身上，却不是这样，初来相识，充满新鲜，日久，便互相贬低和诋毁，都认为对方没有自己写得好。当然，这只是个别人，不代表所有的文人，但是这个不好的习惯在文人圈子总是潜藏着，而任何圈子似乎都有这种通病，由于傲慢和轻视，导致一些文人的不和睦。本来，大家都是奔着一个共同的爱好来的，但是在一起处着处着却心生间隙，这是最让人失望的。而朱旻鸢和西元，似乎从来不这样，不见他们在背后议论同学，也不见他们拉帮结派，搞圈子主义和山头主义，他们对所有的同学都是一样的尊重和礼遇，这让他们自带了光芒，成了我等学习的榜样，而他们又用他们的品行展现了军人的风范、军人的正直，如海纳百川。

为什么我会力赞军人？因为在军人的身上，确实有着一些让我们学习和借鉴的地方。

当然，在这个班上，还有一名军人。他叫王昆，圆脸，中等身材，敦实，时不时会露出小朋友般纯真的笑容。他身体强健，活泼开朗，因此成了我们班的体育委员，我们班的那次拔河比赛就是他组织的。因为他个子没有朱旻鸢和西元高，又不常穿军装，便没有这两人突出显眼。他是一个炮兵，来自青岛，在写作上，也是一个厉害角色，属于那种不鸣则已，一鸣惊人。他有一个儿子，长得跟他一样，圆圆的脸，一副小机灵鬼的模样，跳舞，打球，模仿大人，一学一个像，同学们都说，王昆的儿子是王昆蜕的壳，我看也真是。到现在，王昆仍欠我们一个承诺，老说让我们去青岛他的舰艇上玩，但一次也没有兑现。

七、离别的晚宴

转眼，四个月的时间过去，我们要毕业了，鲁院为我们组织了一个告别晚宴。

这一天，我们的心情都很沉重，因为过了今天，有一些同学就会离开了，而这一晚，是我们鲁 29 班最后的欢聚。四个月的时间不短，但也似乎并不漫长，它由春到夏，似乎也只是几个早晨和几个晚上，便匆匆如燕子一般飞走了，人生没有永远的相聚，也没有不散的宴席。有多少人，我们还没顾得上珍惜，有多少事，我们还没有来得及去做，有多少话，我们还没有说完和说够，甚至还有一些地方还没有顾得上去，而这一段时间的学习就已经宣告结束，我们不得不挥手作别，祝福自己，也祝福彼此。

很多同学都备了留言簿，让同学留下珍贵的留言，以作这一段人生的纪念。我也备了一个留言簿，是一个水红色真皮的小本子，那是在逛南锣鼓巷的时候买的，我知道会有这么一天，就提前备下了，买一个喜欢的小册子，留下同学们知心的话语。这，或许是一生的纪念，有的同学，可能会再重逢，有的同学，由于种种原因可能没有机会再重逢了。想念时，拿出来看一看，时光便会倒流，一切便又循着记忆回到从前。我遂一一让同学写了留言，这一天晚上，我也带到了晚宴的现场，希望让来参加告别晚宴的老师们也写一写。

这一天，说是告别晚宴，其实也是一个告别晚会，很多同学都准备了节目，大家多是想通过节目来表达自己离别的心情，成年人的告别不流行哭泣，只能默默泪两行，于无声中安抚自己的离愁和别绪。一些同学倡议，有旗袍的都穿上旗袍，来鲁院时我也带了几件旗袍，便穿上了那件绿底黄牡丹花的旗袍，穿旗袍的同学在一起合了影，留下老上海的文艺青年的记忆。陆陆续续老师们都来了，一一就坐，有鲁院的领导和老师，也有一些我们抽签抽到的指导老师。我的指导老师是李师东，《青年文学》杂志社的社长，湖北洪湖人，有一首歌曲《洪湖水浪打浪》，说的就是他们那个地方。他带我们六个学生，我、翟妍、吟泠、常君、孟小书，还有陈夏雨，他给我们辅导过数次，还在一起聚过几次餐。在我的印象中，他常常面带微笑，很和蔼，而且颇显年轻，就像我们的大哥。他是一个湖北地方口音浓重的老师，讲课的时候，他常常问我们听不听得懂。说实话，有时我是听得懂的，有时我又是听不懂的。在晚宴前，我们六个同学跟他再一次在鲁院门口的那幅梅花图前合了影，这是最后的留念和纪念，我们能够常常见面的那个师生情缘算是就此了结，此后，能够联络的，便是跨越时空了。

院长吉狄马加也来了。吉狄马加是个诗人，是我们鲁院的院长，但是见他的时候却并不多，只是有重大活动了他才来，比如开学典礼、毕业典礼、一些大型的对外交流活动，平时他都在北京市东土城路中国作家协会上班。当然，他还有另外一个身份，就是中国作家协会书记处书记，在此之前，他是青海省委宣传部部长，因此他一直是以一个作家兼官员的身份出现在鲁院的各项活动中。毕业典礼是在那天的早上举行的，中国作协的铁凝主席，还有在我们西安当过市长的中国作协书记处书记吴义勤、党组书记钱小芊等领导，副主席李敬泽说是有事，没能来，其他该来的领导都来了，大家在鲁院的旋转门前合了影。在这中间，有一个小插曲，李心丽在毕业典礼后上卫生间，来迟，急匆匆地往外赶，不小心，将手碰到了旋转门把手上，手上戴着的玉镯给碰碎了，“咣当”一声，让所有人大惊，她亦是心痛得欲哭无泪，这是她丈夫给她买的结婚纪念品，可是，在这样的一个告别的场合，却是玉碎加上心碎。晚上，吉狄马加院长来的时候，我拿上我的签名簿让他给我写了几个字。我说了声“谢谢！”便小心翼翼地离开了。说实在话，对于马加院长，我是陌生的，毕竟见到他的时候难得，而且每次来去匆忙，因为生分，我有点小心翼翼，担心会给他留下什么不好的印象。记得那晚，还有《当代》杂志的主编孔令燕和一些辅导老师，能来的似乎都来了，来的老师们多谦虚和蔼，为我签了名。老师们坐一桌，我们同学自行组合，分数桌而坐，整个大厅里坐得满满的。文艺委员宋小词上去报幕，宣布晚会开始，马加院长和邱华栋院长分别讲话，发表了临别感言，这既是对这一学期的回顾和总结，也是对我们未来的希望和祝福。当然，在此中老师们也说了很多深情款款的话，令我们在离别的祝福声中唏嘘不已，很多同学掩饰不住自己的情绪，哭了，引得更多同学流下了无声的泪。

伤心归伤心，晚会仍在有序地进行，在主持人的报幕声中，一些准备节目的同学陆续走上台表演了自己的节目，有的唱歌，有的跳舞，有的朗诵诗，还有的唱京剧。我给大家唱了一首吴奇隆的《一路顺风》，对我来说，似乎只有这首歌曲才能表达我离别之际于同学们的祝福，千言万语都浓缩在这首歌曲里，有不舍，有送别，有祝福，有希冀，更有着无言的感伤和无奈的思绪。自明天起，许多人将奔走在各自的人生旅途中，大家终将离别，天各一方，彼此又都回到了自己固有的地方，一如从前的写作和生活。而我们的朝夕相伴，终将成为一种过往、一种回忆，人生的一段难得的经历，以后的生活里不再有楼道里的呼唤与问候，也不再有餐桌上的谈笑。

那一晚，我在鲁院留言簿上郑重地写下了我的心迹，只记得当时写了满满的一页，具体写的什么，已无法清晰地叙述，只记得将自己的不舍和感念都留下了，还留下了自己的QQ号码和电话号码，期望以后住在这间屋子的室友能够看到，倘若有缘，他们会根据我留下的联系方式联络到我。果然，后来一个内蒙古的叫杨瑛的室友根据我的电话号码加上了我的微信，她是《草原》杂志的一名编辑，于是，我们从居同一室的学友成了微信好友，这是后话。

留言写好后，我将所有的东西一一归位，还原到我来时的模样。留言簿当然放到我收拾得一尘不染的抽屉里，将它留给后来的学友们，然后我开始整理自己的衣物，该寄走的，前几天已经打包邮寄走了，剩下的都是随身带的一些化妆品和几件换洗衣服，很快就收拾好了。此时的405，跟我四个月前初来时是一样的，干净的桌面，干净的地面，就连电脑也让我整理妥当，我在这个期间存储在里面的东西，全部用U盘拷走，电脑恢复到了初始的状态。时间好像又回到了起点和原点，而不同的是四个月在这间屋子里留下的数不清的记忆以及与同学朝夕相处的那些愉快的时光，它们是那样的清晰和深刻，是那样的隽永与难忘，它们将会一直陪伴着我未来所有的日子，成为生命里永恒的回忆。

（此文写于2020年鲁院建院70周年，刊载于《石门文艺》第3期）

澳门漫记

一、中西合璧的酒店

轮船抵达澳门的时候，已经是晚上 11 点了，我们在导游的带领下直接入住了提前预订好的皇都大酒店。这是一家中西合璧的酒店，虽然澳门已经回归了，但是这里仍旧有着浓重的西式气息。

门口的保安是葡萄牙人，两个保安个头儿都不高，但健壮匀称，浓眉大眼，身着深蓝色的制服，笔直地站在酒店的门口，我们进门时，他们微微向我们鞠了一躬。我上下打量着他们，见我看他们，他们并无喜悦和责怪的表情，仍是那样职业化地站着，倒让我觉出了些不好意思，我收回目光，径直走进了酒店。

这家中西合璧的酒店，从外观上看，是一幢中式建筑，但是里面的装饰和布局却很西式化。大厅里的吊灯、沙发，以及吧台，还有墙上的油画，都有着浓重的西式风情和葡萄牙韵味。大厅中间也站着一个保安，还是葡萄牙人，见有人拿着手机对着他拍照，他下意识地避开了。酒店的介绍牌上有两种文字，中文和英文，所有的一切，都留着葡萄牙人的烙印。

时间追溯到 1999 年 12 月 20 日，澳门回归，从此，澳门结束了葡萄牙人 400 余年的殖民统治，从此之后，“一国两制”的大政方针让澳门人有充分的自由，自己管理自己，并在政策上获得多方面的优惠。澳门在短短的十几年内，经济迅速发展，成了经济发达、人民生活富裕的城市，这是让中国人引以为傲的。

我们是凭港澳通行证坐车坐船、办理住宿登记的。在这里，内地的手机已经完全没有信号，电话打不通，短信收不到，微信也不能用，如果想同外界联系，就只能办一张澳门的手机卡，手机才能正常使用。

拿到房卡，一看，我们的房间在四楼，然后就循着箭头所指的方向上楼，出了电梯，又沿着箭头所指的方向找到了我们的房间。这是一家四星级酒店，走廊铺着西式的花纹地毯，干净整洁美观，墙壁上挂着油画，内容有花卉，有器皿，有意识流，极具欧式风情。

房间很大，两张床，洁白的床单上各放着两个橘红色的靠垫，让整个房间看起来亮丽又不俗，房间的沙发和柜子都是西式的格调。最与众不同的是，洗漱台是开放式的，一般情况下，洗漱台都是在卫生间内，而这个洗漱台却是在房间中的，旁边还有一个奶白色的罩灯。一切东西都摆放得整整齐齐，丝毫没有零乱之感。墙壁和床的上方，仍是挂着油画，洗澡间和卫生间是各自独立的。我放下行李，美美地洗了一个热水澡，由于旅途的劳累，一会儿就酣然入梦了。

二、车门左边开

一到澳门，会有一个奇怪的发现，就是所有的车门都是开在左边，这跟内地是不一样的。车门左边开，司机则在右边驾驶。

这个现象，是我在上车的时候发现的。出了酒店，我习惯性地去车的右边找车门，却发现右边根本就没有车门，导游在左边招呼我：从这边上车啊！

然后他向我解释，在澳门，没有一辆车的车门是向右边开的，车门都是向左边开，这跟内地是不一样的，一开始肯定不习惯，慢慢地就习惯了。

坐上车，才发现，不光车门左边开，司机右边驾驶，而且司机也一直靠左边行驶，这跟内地的右行又是不一样的。听导游说，这是因为澳门离香港近，他们的车辆多是从香港购入，香港以前遵从英国传统，一直是左方行驶，故此，左行右驾的传统在澳门也根深蒂固。

在澳门待得久了，会发现，确实如此，这个地方，没有一辆车是左驾的，大大小小的车辆，无一例外，全部右驾左行，据说司机的驾照都是左行驾照。

起初很是不习惯，几次上下车之后，也就慢慢地习惯了，坐车时，直接去左边找车门，也便不会再出错了。

司机多是没有固定工资的，他们靠提成拿工资，或者靠卖旅游纪念品挣工资，包括导游也是没有工资的，他们靠游客购买商品来赚取提成，因此旅游业是从业人员的主要收入来源。

在澳门这个地方，当地居民都不缺钱，他们出来工作，都是自愿的。因为在这里，每个人都享有政府补贴，从老人到小孩，无一例外，他们一出生，就会建立一个账户，政府每个月会按时给他们的账户里打钱，这个钱可以用，也可以用来存着。除少数人依靠政府养活外，多数人还是愿意出来做事的，靠自己的劳动赚取薪酬。

据说，政府在这方面也制定了奖励机制。

三、大三八牌坊

来到澳门，大三八牌坊是不能不去的，因为在澳门，大三八牌坊就是一个地标性建筑，是澳门最具代表性的名胜古迹。此牌坊为1850年的圣保禄大教堂的前壁，教堂融合了欧洲文艺复兴时期与东方的建筑风格，体现出东西方艺术的交融，它不仅巍峨壮观，而且雕刻精细。大三八牌坊的正式名称是圣保禄大教堂遗址，是澳门天主之母教堂正面前壁的遗址，为“澳门八景”之一。

我们早晨赶了大早去大三八牌坊，原以为，我们是最早的，没想到去的时候，那里已经有了很多的人，黄皮肤白皮肤黑皮肤的都有。这些人，多是如我们一样的外地游客，不同肤色、不同年龄的人汇集在大三八牌坊前，使这个地方显得闹哄哄的。

行至大三八牌坊的正面，让人感觉到，这座建筑真的很古老，它的古老印在它苍褐色的容颜上。整个建筑呈铜褐色，上面有一些斑驳的印迹，深浅不一，很不匀称，像是老年斑，或者是老人脸上的皱纹。

或许很多人都会问，这么好的一幢建筑，为什么只剩下了一个前壁呢？

说来话长，这座教堂的命运也算坎坷，它曾经历三次火灾，屡焚屡建，屡建屡焚。1595 年和 1601 年，教堂两次失火，幸运的是，又得到了第三次修建，此次修建由意大利籍耶稣会会士斯皮诺拉神父设计，1602 年奠基，1635 年建成，历时 33 年，工程极其精细。此牌坊高 27 米，宽 23.5 米，为意大利文艺复兴时期的奇形珍珠建筑，共分五层，顶端竖有十字架，其下嵌有象征圣灵的铜鸽，铜鸽旁边围着太阳、月亮、星辰的石刻，铜鸽之下为一圣婴雕像，其左上是“生命之火”的雕像，右侧则是“生命之树”的石刻。第三层的正中刻画着一个童贞圣母像，旁边以牡丹和菊花环绕，雕像下方还刻有“永恒之众”，一艘葡氏帆船及一个“面目狰狞的魔鬼”。第四层分别供奉着耶稣四名圣徒的雕像。第三层与第四层的左右两侧，雕刻有狮子，底层为三面门户，正门的楣额上用葡文刻画着“MATERDEL”意即“天主圣母”，两侧的门上刻有耶稣的记号

"HIS"。各种雕刻栩栩如生，既保留有传统，又有所创新，体现了中西文化的特色，堪称"立体的圣经"，是当时远东最大的天主教教堂，也是远东最著名的石刻教堂建筑。只是没想到 1835 年再次遭遇大火焚毁，只剩下了教堂前的石建花岗岩前壁和教堂前的 68 级石阶，真可谓灾难重重，历经磨难。

由于"圣保禄"在葡语中很接近当地方言"三八"，时间久了，圣保禄教堂便被叫成三八教堂了，于是这座教堂的照壁遗址也就成了大三八牌坊。

尽管这座教堂历经磨难，但现在看来，依然是让人叹为观止的建筑艺术珍品。

四、妈祖庙

来到妈祖庙时，已经是中午时分，我们进庙的时候，正有一群金发碧眼的外国人从里面出来，他们打量着我们，我们也打量着他们，几个人友好地朝我们微笑着点了点头，没想到，外国人也会对妈祖感兴趣。

妈祖是一位海神，深得沿海一带渔民的爱戴和尊敬。在沿海一带，她是当地人心中至高无上的神祇，渔人和商人在出海或者是航海之前，都要去妈祖庙祭拜一番，祈求妈祖保佑一路顺风平安。千百年来，这个习惯一直沿袭至今，大凡有海的地方，都有妈祖庙，就连日本很多地方也建有妈祖庙，他们祈求妈祖保佑当地人民生活幸福、出入平安。

来澳门之前，便听过妈祖的传说，也被这个美丽动人的故事所深深吸引。相传，妈祖姓林，名默，是当地一户渔人家的女儿，她自小习水性，识潮音，还会看星相，长大后能窥井得符，能化木附竹，一次又一次救助海难。她曾经高举火把，将自己的屋舍点燃，给迷失方向的商船导航。及至后来出落成大姑娘，仍矢志不嫁，将扶困救难当作她一生的事业。987年农历九月初九，她在湄洲湾口救助遇难的船只时不幸身亡，年仅28岁。她死后，仍魂系海天，每每风高浪急，渔民遇险之时，樯桅摧折之际，她便会化成红衣女子，伫立云头，指引商旅舟楫，逢凶化吉。千百年来，人们为了怀念这位勇敢善良的女性，到处立庙祭祀她，自宋徽宗时期至清代，共有14个皇帝36次敕封过她，使她成为万众敬仰的"万圣神母"和"海上女神"。

我们进得庙来，庙里正有几个人在祭拜，我也站在妈祖面前深深地鞠了三个躬，算是送上我一个内地人深深的敬意。我们内地人崇尚佛教文化，民间与山上多寺庙，而沿海地带，以妈祖为尊，妈祖是他们心中地位最高的神，无可取代，这是沿海地带与内地文化的不同之处，作为沿海一带的人，能被一个美丽的女子护佑着，也算是非常幸福的事。

不知为什么，对于这样一个年轻而美丽的女神，我打心里敬仰并喜欢着，一直想来拜谒妈祖，今日能够前来，并且如愿地站在了她的面前，如此近距离地感受着一位女神的存在，心里对这位美丽的女神更增加了一分敬重和爱戴。大凡为民而死的人，人民都会永远记住的，正如妈祖，她用生命换来了渔民的平安，渔民将世世代代记住她，让她的生命永生，这便是佛所说的"向死而生"吧。

走出妈祖庙的时候，见有人在一棵大树下弹吉他，声声入耳，我便走了过去。这是一个黑发卷曲的非洲青年，弹得却是一首中文歌曲，朴树的《生如夏花》，声音低婉忧伤，像是在讲述一个遥远的人生故事。

朋友说，该走了。我回头看了看妈祖像，又看了看树下弹吉他的青年，安静地离去。

五、七子之歌

走在澳门的街道上，我不由自主地想起了《七子之歌》这首由闻一多创作，澳门回归时主唱的歌曲。一直以来，我对澳门有一种特殊的感情，这种感情来自它与祖国的分离，这本是我国的领土呀，如何可以为他国所强占，这于我等国民是何等的不甘，甚至是一种耻辱和愤怒，从我能明事理的时候起，我就希望澳门能够回到祖国的怀抱。今天，双脚踩在澳门的土地上，心中真是百感交集，这是我们的国土了，是属于我们国家的土地了，此时此刻，我正站在这片土地上，这种庄严感和神圣感让我的内心非常踏实，这种踏实来自祖国的强大，来自我国领土的神圣不可侵犯。

眼前，澳门回归时的情景浮现了出来。澳门回归那一年，我的儿子刚刚出生。1999 年，应该说于我于澳门都是一个值得庆祝的年份，听说澳门要回归了，我一直激动并欢喜着，为澳门欢喜，为祖国欢喜，这对于我们国家和每一个国民来说都是一件非常大的喜事，这种盼望，丝毫不亚于翘首以待儿子的出生。

至今，我还清楚地记得，当时，我烧着红红的炭火，将自己关在家里，静静地看新闻直播，我看到了葡萄牙人将旗帜交到中国人的手中。那一刻，我有多么欣喜，多么自豪，澳门终于回到了祖国的怀抱，这不仅仅是一块属于我们的土地，更是我们中国人的尊严。

试想，澳门本是中国的领土，被葡萄牙占领 400 余年，每一个有骨气的中国人只要一想起来，估计都会有一种锥心之痛。落后就会挨打，落后就会任人宰割，一个国家不强大，不追求进步，它的人民就会成为亡国奴。

说到七子，可能一些人知道，一些人不知道，七子是指我们国家七个被外国列强瓜分去的土地，分别是香港、澳门、台湾、九龙、威海卫、广州湾、旅顺和大连。著名爱国诗人闻一多含着万分悲痛的心情写下了组诗《七子之歌》。澳门是《七子之歌》这组诗的第一首，在澳门回归之时，被作为澳门回归主题推出，反映了中国人对外国列强瓜分中国领土的强烈愤慨和对澳门回归祖国的热切渴望。诗中写道：“你可知‘妈港’不是我真姓？我离开你的襁褓太久了，母亲！但是他们掳去的是我的肉体，你依然保管我内心的灵魂。那三百年来梦寐不忘的生母啊！请叫儿的乳名，叫我一声‘澳门’！母亲！我要回来，母亲！”读着这首诗，每一个有骨气的中国人都会热血沸腾，内心都会升腾起一种强烈的民族自豪感，从而奋发图强，勇敢超越。我们国家有着世界上最多的人口，有着宽广富饶的土地，我们怎能不强大？我们有什么理由再落后于别的国家？我们如何能够被他国蔑视和欺负？不可以，绝对不可以！

如今，在这座城市，还有着许多葡萄牙人的痕迹，有中葡合资的学校、娱乐场所、企业，包括一些建筑。这些存在，无所谓好与不好，存在便意味着一种真实，存在便意味着一段抹不去的历史。记住过去，记住历史，知耻而后勇，努力建设好我们自己的国家，不让历史重蹈覆辙，这是我们应该做的。

六、干净的街市

来澳门之前，听说澳门很干净，对此我是抱着将信将疑的态度的。我觉得，在任何一个地方，卫生的治理都是很难的，尤其是要做到完全的干净和整洁是非常难的。因为每一个地方的人的素质良莠不齐，无法统一标准和要求，所以多数情况下只能是相对，而不可能是绝对。

来到澳门，当我看到了眼前的澳门之后，我信了。

这个地方真的很干净，干净得一尘不染，走在街上，不管是哪里，都看不到纸屑、烟头和水果皮，也看不见废弃的塑料袋和饮料瓶，更不用说是成堆的废弃物了，到处都干干净净的。除了房子、道路，便是一些树木和绿色的植物，所有的地方都干净得跟水冲洗过了一样，没有一点泥泞和灰尘，让人的眼目始终明朗清新着。

特别是在我们经过一条石板街的时候，每一块石板都清清爽爽，被路人踩得锃亮锃亮，发出时光的光芒，明显感觉到石头被磨出了老铁的颜色，很有质感，又瓦亮瓦亮，石块与石块的间隙干净得没有一丝灰尘与杂物，这让我着实惊讶。道路两旁的民居并不奢华，但颇有情趣和味道，有的阳台上有一个木栅栏，有的阳台上摆放着一溜儿的小花，让人感觉到主人是在用心生活。

我纳闷儿，这个地方为何能够维持如此好的卫生环境，导游告诉我，这个地方的卫生管理非常严格，严格到不许随便抽烟，不许随地吐痰。抽烟不是说绝对不让抽，只是必须得到规定的地方才能抽，对他们来说，这种地方叫做“抽烟区”，酒店和公共场所都设有抽烟的地方，实在想抽了就到抽烟区抽，抽过之后，烟头要放进预备的烟灰盒内，随地乱扔烟头会被罚款的。导游给我们讲了一个故事，说有一次，他嗓子不舒服，实在忍不住了，就吐了一口痰，马上有警察过来，给他开了个 600 澳门币的罚单。自此之后，他长记性了，实在要吐痰了，也会吐到卫生纸上包起来，扔到垃圾箱内，600 澳门币，一口痰，实在划不来。

我们听了，都笑了，还是罚钱来得管用，据说，这个地方乱扔烟头会被罚款 5000 澳门币，这也是相当厉害的，难怪没有人敢随便抽烟。

以此看来，整齐划一的秩序还是需要有强有力的管理手段。

（原文刊载于 2017 年 12 月 20 日《澳门日报》）

宿松是吾乡

时间回溯，回溯到三百多年前。

我的祖上，也就是我的祖爷爷徐宝太从安徽宿松县流落到陕西的柞水县，不知是因为灾荒，还是兵乱，反正，我的祖上是离开了安徽，在商洛市柞水县落地生根了。

时间一下子来到了20世纪80年代，作为教师的父亲开始重新审视自己家族的来龙去脉了。因为，在我们家里发现了一个石板，上面记载着祖籍安徽宿松县，有我父亲兄弟八个的名字，全都是“席”字辈的。这一发现，令父亲对自己的家世产生了强烈的好奇。原来，我们不是原生的柞水本地人，我们的祖籍是安徽，一个离这儿颇远的省份。

这个消息令我们家所有的人既意外，又惊诧。

于是，父亲抱着追根溯源的心，同他本家的堂哥一起寻到了安徽。安徽之行，他们只带回来了十个字：“儒为席上珍，东海垂鸿绪。”仅此，已让二人欣慰不已，至此，他们也才明白，为什么在王坪三队，这个被称为徐家院子的地方，会有一座徽式的老宅子。而这座宅子跟周围所有的房屋，构造和格调都不一样，它几进几出，前庭后院，翘角飞檐，造工精致，它矗立在村中，是那样的精美端庄，稳重大气，处在周围那些矮小的草房和土坯房中，显得非常庄重，非常醒目，以至于让人不可忽视。

这所徐家大院，便是我们徐家以前的老宅子，中华人民共和国成立前我祖上置下的家业，土地改革时重新分配给了一些流民和外来者。因此，这所大宅子一下子就住进了十多户人家，不同来历，不同姓氏，甚至还有几家是五保户。于是，一个完整的徐家大院被分割了，分割成以各家各户为中心的一小块一小块，院子共用，厅屋、天井和庭院共用。

从我记事的时候起，这个院子里就一直住着四五十口人，人一多，便显得拥挤，显得吵闹，总觉得院子里不断地有喧哗声，大人的叫喊声，小娃的哭闹声，以及邻居间男人和女人纷繁杂乱的交谈声，此起彼伏。

在当时，别处的人都把我们这一块叫“徐家院子”，我总以为徐家院子是一个地名，我们住的这个地方就叫徐家院子，后来，稍大了一些，才知道，原来，我们住的地方叫王坪三队，而徐家院子，则特指这一所大宅子。在疑惑的时候，就会问母亲：“为什么我们住的地方叫徐家院子呀？”母亲则会摸着我的头，俯下身子轻柔地对我说：“这所房子以前是老徐家的人建起的，院子里住的全都是姓徐的人，后来，土地改革了，就将房子分配给村里的那些没有房子或者是外来的人居住了，一下子就住进来了这么十几户的人家，因为，它以前就叫徐家院子，人们已经习惯了这种叫法，所以，仍旧这样地叫着。我才理解到，徐家院子，便是指这一幢大宅子。”

按说，在当时的农村，能有这样一所精美典雅的住宅是一件很稀罕的事，可在当时，人们都没有对于老宅和古建筑物的保护意识，在诸多人的观念中，房屋就是用来住的，不住了，也就没有用了，成了废物。20 世纪 80 年代初，当地兴起了明三暗六的假二层土楼，很多人盖起了这种房子，徐家院子里的各家各户也不例外，相继申请了地基，逐一离开了这所共生共栖了十多年的老宅，无人居住的老宅便日渐荒废和凋零。

最后，在城市化进程中，村子被征用了，老宅在推土机的助推下，匍匐倒地。

老宅没了，徐家大院也就没了，我记忆的根脉就此切断。

生活在城市中，冷漠的人情关系，让我常常会怀念起故乡那些憨厚淳朴的乡亲，怀念的时候，也会回老家走走。但老家已经不再是我记忆中的老家，它已经变得面目全非，让人陌生，故乡那浓浓的人情味也变得如城市的水泥地板一样冰凉。这时我才蓦然惊觉，经济的快速发展，让我们丢失了好多好多人性中淳朴美好的东西，而这，又是用钱找不回来的。

于是，我写下了《寻根》，以此叩问自己，也叩问我们所有的人：我们从哪里来，我们最终又该走向哪里去？

正所谓，知来路，方知归路。

而恰是我这篇《寻根》，叩开了我的寻根问祖之旅。同为安徽宿松籍的安康人徐静看到这篇文章，联系到我，说我跟他是一个支脉，同为安徽徐氏白崖寨支系，他原来叫徐珍友，后因与人同名，改为徐静。经过确认，我与他确属一脉，他又与我叙及许多关于白崖寨的历史和往事，让我对祖辈产生了敬仰和向往，于是，去祖地走一走的想法开始萌动，欲往之一窥究竟。

戊戌年深秋，恰逢来南京市高淳区挂职交流学习，方知南京离安徽安庆颇近，坐高铁两个小时就能到。由于徐静及安徽祖地徐氏宗亲的邀请，种种机缘巧合，促成了我的这次安徽寻根问祖之行。

抵达宿松的时候，是下午时分。这是一个阴雨天，空中飘着时有时无的雨丝，偶尔还会有风吹过，这飘忽不定的雨丝与冷风，令气温迅速下降，陡然间就觉得天气很冷，似严冬来临。

我自车上下来，打量着这个陌生又时时被家人衔在口中的县城。宿松县城跟全国各地的县城一样，四处都是水泥路面和楼房，以及一家挨着一家的店铺。因为冷雨天，街上人也不是很多，倒显出小县城的好来，宁静和淡泊。

当晚，我们住在安瑞大酒店，这是一个本家孙辈徐润记开的酒店。当时，正是省上大学生下基层扶贫之际，楼上楼下住满了来宿松扶贫的各地大学生，但是他们并没有因为生意红火只顾赚钱忽略了我们，而是专门给我们一行人提前预留了房间。这让我陌生疏离的心一下亲近，犹如远道而归，几辈人的离开，我们的心却并未疏远，他们仍然期待和盼望着我们的归来，并以亲人的呵护与热诚接纳着我们。

接待我们的是宿松徐氏宗亲的会长徐芳田，我们前脚刚迈进酒店，他们一行人后脚就到了。这一天他们放下所有的事，就只是在专门候着我们的到来，一见我们，如久别的亲人，一个箭步迈到了我们的跟前。他同我一辈，按说，我应该叫他大哥，但比我年长许多，已经76岁，依然面色红润，精神矍铄，身着一件黑颜色的皮夹克，压根儿不像是一个七旬老人。他同我们逐个握手，向我们表达了一个长者最热烈、最真诚的问候与欢迎。

芳田哥以前是县文化和旅游局的局长，退休后，家族中人让他挑起了这个担子。在他的带领下，修建了徐氏祠堂，徐家人终于有了一个可以祭拜祖先的地方，有了祠堂，就有了向心力和凝聚力，就有了共同的敬仰和敬畏，在芳田哥的引领下，整个家族逐渐变得人心一致，和睦团结了。我终于觉得，这就是我苦苦要寻的根，向真向善向美向上。根在哪里？根在我们的心里，根在我们对世界正确的认知和判断里。

一个家族的根如此，一个民族的根又何尝不是如此呢？

有小家，才有大家，小家的人知礼仪，懂廉耻，明是非，辨善恶，做有德之人，行有德之事，是家族之福，这如何不是民族之福呢？而我们的社会，恰恰是由这无数的小家组成，如果每一个族长，都是谦谦君子，皆为有德之人，使其族中人自幼便崇德尚德，以道德和规范约束族中的每一个人，那如何不是家族之福、国家之福呢？

我陷入了沉思。

那一晚，徐氏同宗把酒言欢，共诉衷肠。我本不善饮酒，但那一晚，也小酌了一番，以酒助兴，也以酒抒怀，表达我的感谢和欣慰。家族里的很多人都来了，在这些人里面，很多人都是很有成就的，有的是企业老板，有的是公务员，但是他们却都很低调、内敛，他们没有因为自己在外面的成就而在家族中自觉高人一等。大家都是按照长幼有序的规则落座、敬酒，就算家族中最平常的人，只要辈分够高，都被大家所尊敬，没有人会在乎他有没有出息，也没有人大而化之将其冷落在一边，而最有能力和实力的老板，因为辈分低，也甘愿坐在下座。这种没有功利心，没有名利心，没有等级和地位权势的相处，让人觉得是那样的自然和妥帖。原本，人与人之间就应该这样。可是，由于金钱，由于名利，由于人与人之间的种种复杂的利益关系，导致了人们看人下菜，看人下饭，有权有势的，走到哪都是座上客，无权无势的，处处坐冷板凳，即使在自家亲戚里，也不例外。人心不古，世风不古，使社会风气严重败坏，很多人已经丧失了做人最基本的底线和原则，盲目效仿和跟风，趋炎附势，自私自利，以至于官不知如何为官，民不知如何为民，长者不知如何为长者，幼者不知如何为幼者。如此，人已没有了敬仰和敬畏，也没有了约束和限制，有些地方便会出现唯利是图，不辨是非对错，扬恶抑善的乱象。

眼前户下的众亲，让我感慨万千，又百般欣慰。在安徽的老家，祖籍的旧地，还有这样一群人，他们依然秉承着长幼有序、互敬互爱的行为方式生活着，将中华优良传统传播和继承着，他们是一群普通的人，但他们却又是一群热情生活、努力向上的人，他们努力地让自己生活得更好，又在尽力地用自己的能力去帮助需要他们帮助和关爱的人。听芳田哥说，宗亲会每年都会资助家族里家庭困难的大学生，老人们在 70 岁以后，每年的生日，都会收到族里专门为他们包的红包，按年龄红包金额不等。他们的这种爱心关怀，让老人们觉得，家族里的人都没有忘记他们，他们虽然老了，但没有人嫌弃他们，遗忘他们，他们仍旧是这个家族中很重要的一员，并且年年被亲人们在乎和惦记着。

这个夜晚，我以为我要失眠，没想到却睡得很好，是被疏离的亲情的热拥，是失而复得的欢欣，让我觉得，我们的社会仍旧是有希望的，并且人心也是可以被感化和改造的。橘生于淮南则为橘，生于淮北则为枳，恶人并非一生下来就为恶人，良人也并非一生下来就为良人，人性的优劣完全是由于后天环境的熏染而被改变的。因此，人的生活环境和成长环境非常重要，它决定了一个人本质的优劣，也决定了一个人人品的优劣，更决定了一个人一生的成长走向。

那一夜，很多东西在我的内心反复地碰撞，一次次碰撞之后，我竟又欣慰地睡着了，一觉睡到东方发白，闹铃响起。

起来漱洗。

想到芳田哥说今天带我们去祖居白崖寨，心情就有点兴奋。白崖寨，那里才是我们真正的祖地，尽管现在，那里已经没有了徐姓人居住，但是，那个地方自始至终与徐氏一族掰扯不开，息息相关。

据说，白崖寨原本为我祖上的居住地，自元末明初，万佳公辈时迁居至此，祖辈在此筑屋耕田，世代相传，一直延续下来。明朝末年，战乱不断，九世祖徐行为明朝庠生，地方名士，为了保护乡亲，尽早结束战乱，让百姓过上太平生活，代表徐氏家族将白崖寨捐给了朝廷，并且自己出资修复山寨和城堡，供朝廷安营扎寨屯兵御敌，明末将领史可法在此与张献忠的起义军展开了长久的拉锯战，当他被起义军四面围困，万分绝望之时，在石壁上写下一联：“听涧底泉声，呼天地是歌是泣；看阶前月色，问英雄还死还生。”摔笔，欲以身殉国之时，恰逢援军赶到，史可法最终转败为胜，为庆祝胜利，登上西峰，挥笔题下了“最上一乘”四个朱漆大字于石壁上，以记功志庆，人们称此石为“记功石”。

徐行公此举，救民数万人，深得当地百姓的称道和爱戴。当然，石壁题字也是明将史可法对先祖徐行品行的赞赏和褒扬，并在寨内关帝庙中，为其立下了牌位，享受供奉，延传至今。

明末崇祯十五年（1642年），战乱蜂起，县人庠生徐行为保护家园，又重修寨城。此事件，县志有记载。

因白崖寨为御敌之要隘，后有贤士吴士杰再次出资砌石筑墙而终成五门山寨，故有“南国小长城”之说，现列为国家级重点文物保护单位。

在白崖寨中，有许多徐氏的祖坟。在寨中关帝庙内，至今还供奉着先祖徐行的牌位，以此纪念徐行在家国危难之际，一心救民众于水火的大义凛然的情怀和舍家舍业的豪迈壮举。

其实，白崖寨本是一个村寨，但由于身处关隘，地势险要，为兵家必争之地，从元朝到清代，历经几百年，几经修筑，现有城墙达4公里，曾建有5个门楼，东为“朝九”，西为“百花”，南为“听雨”，北为“乘龙”，西南为“攀龙”，作为侦察和御敌之用。几百年间，此地发生了很多的战事，明朝的军队在这御过敌，清军和太平天国军队在这大战过，也包括中国工农红军和国民党的军队也在这里激战过。这里留下了数不清的传奇故事，有多少血雨腥风，又有多少壮士扼腕，一腔豪情盖天地，铮铮古寨留英名。

吃过早餐，我们便上路了，县城离白崖寨还有超过25公里的路，昨天的雨，到今天已经变成了雪花，这让我有些意外。下雪了，白崖寨还能上得去不？但来安徽的行程时间有限，再不去，就没有机会了，见我担忧，芳田哥安慰我说，这几天的雪下不大的，山上都是石阶，可以行走。其实就算道路泥泞一点，我倒也不怕，只是担心，芳田哥这么大的年龄了，还要陪我们上这么高的一座山，他上不上得去。倘若他有些吃力，便不要陪我们了，但他执意要陪我们一同去，我又实在不好推却。

走在半路上，珍明大哥的侄儿金鸿来了，一者金鸿与我们同出一脉，二者金鸿现仍在白崖寨附近住着，对这里的地形熟悉，说来给我们带路。金鸿是一个30多岁的汉子，血气方刚，说话掷地有声，利落豪爽，一见着我就叫我姑姑，叫得极顺口，一点也不打怵，这让我心底便对他亲近了几分，到底是一脉同根。

车子在白崖寨脚下停住，走出车门，我却有些惊诧了，原以为，白崖寨是一条偏僻而荒凉的山沟野洼，没想到，白崖寨如今已经成为国家4A级景区，皖西南名胜了。停车场周边有好多的建筑群落，错落林立，宏伟壮观，景区中“白崖寨”三个朱漆大字是著名书法家赵朴初先生所题。冬日的景区虽有些零乱，但丝毫不影响一座山的伟岸、悲壮与豪迈。

顺着一条溪流，我们拾级而上。这是一条被无数人走了多少年多少代的路，道路上满是苍老的青石板，上面布满了黑黑的老苔，估计这些苔藓夏天也会是绿的，只是到了冬天，就变得有些黑黝黝，暗淡了。水流很清澈，从大大小小的石头或者石子间缓缓地流过。路边那一株一株，正盛开着灿白的花朵，听映东说是山茶花，只知道山茶花很顽强，开起来很美很娇艳，但是没有想到，在这样寒冷的天气里，竟然也能开得这么烂漫，朵朵洁白，如绒，如团，在这清冷的冬日，唯它笑傲霜天，株株独放，开出生命的顽强与活力。蓦然间觉得，它似乎是在为我而开，为我怒放，它用它的盛开表达了对一个远方游子回归的极大热诚。是啊，在这样一个漫天飘雪的清冷天气里，我踏雪归来，寻着我的历史和过往，寻着祖辈们耕耘过的土地，我踏在这条路上，便如踏在祖辈行过的脚印上，似乎他们也在一路与我形影相随。我的欢喜，便是他们的欢喜，我的迷茫与疑惑正在一点一点地向我铺陈和解开，我不由得张开双臂，用我的怀抱去拥抱那漫天轻盈的雪花。

哦，这样的日子，如何不是最诗意、最别致的回归？

走在青石板上，我数着时间，数着光阴，那一步一步的台阶就犹如那些远去的岁月，三百多年呀，那么些沉甸甸的日子，犹如一摞摞厚重的竹简，把历史串联。而我的祖辈，便是在这三百多年前，离开了这里，自此，再无归期，但是，他们在另外一个地方却建起了安徽的民居。毕竟离开的是他们的身体，丢不掉的是他们的魂魄，在骨子里，他们的根脉仍是无法丢掉的，他们的传统与习惯也是丢不掉的，住在徽式的房子里，会让他们觉得，那是另一种不得而归的精神上的抚慰和皈依。

一个不留神，走到了一块巨形的石头跟前，纵目细观，上面竟然题有“魁星阁遗址”。略有文化的人都知道，“魁星”乃为文魁之星，是寓意此地出了有学问的人的意思。在这深山里，竟然还有这样的一块石头，这是为谁而题，又是题给谁的，是题给我的祖人徐行的吗？据史料记载，徐行乃明朝的庠生，也就是通常人们口中所说的秀才，在当时，庠生应该算是很有学问的人了吧。从这样的深山里走出的一个庠生，想必在当时那样的社会，也是相当不容易和不同凡响了，这块石头上的字大抵是为徐行而题，或因徐行而题，反正它是留在了时光沧桑而斑驳的大青石上，也正因此，它让这个白崖寨不仅充满了刀光剑影，也充满了书香之气。

台阶都不陡，但厚薄不一，大抵都是用山上的原石铺就的，因此登起来一点也不累，这让我得以有从容的思想和回顾的空间。我一边走一边从容地打量着，观望着，揣摩着，虽然是第一次来白崖寨，但置身山中，却并不陌生，相反，倒有一种亲切和熟悉，似乎是梦里来过，或者说是某个地方遇见过，也或许这种熟悉与亲切是与生俱来的。我漫不经心地走在布满老苔的青石板上，一边揣测着，一边回味着，多年前，我的父亲和他本家哥哥来安徽，他们未能寻得这里，而今，我替他们来完成他们的夙愿，并将去拜祭庠生徐行公，他们在九泉之下，也一定会欣慰的。我终于替他们找到了他们的根，找到了他们的出处，找到了我们共同的祖先，还可以焚上一炷香，送去一个远方游子对祖先的问候与敬意，也算完成了我们共同的寻根心路。

峭壁处，一座楼门临路而立，山势变得陡了起来。据芳田哥说，这就是所谓的攀龙门，除去这个门之外，还有四个门，分别为乘龙、听雨、百花、朝九。由于战争更迭，几经摧毁，现存的只有听雨、朝九、攀龙三个门了。见到楼门，我便有些急不可耐，迫切地想知道这是一个怎样的城寨，它的内里究竟会是什么样，这里到底经历了多少血雨腥风的战争，又留下了多少动人的传奇呢？

据芳田哥说，我的十世祖人明千公因臂力过人，骁勇善战，追随史可法，在此与张献忠的军队激战过，并立下了汗马功劳。

手扶攀龙门，便如摸着一段时光。这些寨门都是由巨大的石块砌就的，整齐平整，砌得严丝合缝，不仅威严，而且壮美。寨门上赫然写着“攀龙门”三个大字，门高 10 余米，上面设有炮台，而两边皆是寨墙，全都是石条横砌，宽 1 米余，高 1.5 米左右，顺山脉走向，沿山腰而筑就，人可以在上面行走，也可以在上面瞭望，上面一样长满了厚厚的老苔，呈现出岁月古老的青褐色。安庆的一明会长也是第一次来这里，满眼都是惊讶与好奇：“哟，真想不到哇，在宿松，还有这样一个好地方。”我说：“是啊。”我也没想到，这个山寨还能保存得这样完好，林木葱茏，古意幽深，经历了这么多年，也没有被破坏，甚至没有多少明显的风化的痕迹。估计，这都是原石建成的吧，山石合一，寨石合一，历经千年，它也不会枯、不会朽、不会腐，更不会衰败，它只是老了，一天比一天更老了，可就算它老得满脸皱纹，黑斑累累，也依然风骨铮铮，不朽不灭。

雪依然在下，像天女散花，漫天飘飞，纷纷扬扬，天与地之间，便弥漫着这温馨而美丽的粉白色。它飘落在我的脸上、身上、围巾上，还有那满地的落叶，薄薄的一层，浅浅的柔白，当脚步踩在上面，会发出细碎的沙沙的声响，而我们一行人便在这满地落叶中辗转踏雪而行。

我突然很想站到寨墙上去看一看，众人都让我小心。我说："没事，自小上山、下河、爬树都不在话下，早习惯了，这点高度，难不倒我。"但众人还是将我扶了上去，登上寨墙，放眼望去，确有野旷天低树的感觉。四野苍茫，唯有老树林立，那些曾经的硝烟，都已在岁月的沉淀中远去。一只鸟雀飞了过来，它并不怕人，在我们眼前扑楞楞翻飞了一会儿，又振振翅膀飞走了，留下一段岁月，静影沉璧。

从白崖寨下来，我们又踏上了另外一条路，一条通往关帝庙的路，那边老树参天，这边却茂林修竹，曲径通幽，道路内侧有一池塘，塘中竟养着三尾鱼，都是挺大的鱼儿，每条最起码有二三斤重。它们像是一家人——父亲、母亲和孩子，一起嬉戏逗乐，一起打趣撒欢儿，只见它们一会儿游到东，一会儿游到西，一会儿浮出水面，一会儿又潜入水底，摇头摆尾，甚是逍遥欢乐。关帝庙前有很多的芭蕉，还有几株我叫不上名来的南方的树，也依旧都青绿着，关帝庙便掩映在这些竹子和绿色的植物丛中。

进得庙内，已经有几个香客，有女的，也有男的，我们进来后，芳田哥便与管庙的和尚打了招呼，说明了我们的来意。庙里有两个和尚，一个年龄大的，一个年轻的，年龄大的佝偻着腰身，颤巍巍地将徐行先祖的牌位取了过来，递到我们的跟前，徐静哥说他来拜过一次，让我好好端详端详。我接过灵牌，仔细看着，牌位正中题写着："白崖九世徐行公之牌位”，右上角：“巍巍白崖寨祖德永昭”，左上角：“浩浩东海家声远播”，以此记录先祖的义举。

我双手扶住灵牌，百感交集，思绪一如大潮汹涌翻滚。我在心里对父亲说：“爸，我替您找到祖先了，他叫徐行，是个庠生，曾因捐山和修复山寨有功，死后，他的牌位一直被供奉在关帝庙内，他现在就在我的面前，我正手捧着他，您能看到吗？”思忖片刻，蓦然想到，该留个影的，便让映东给我和徐静哥一起捧着牌位合了个影。

映东是我的晚辈，归去的数日中，一直全程相伴，天天车接车送。他年轻，脑子灵活，记性好，对宗族的很多事情都烂熟于胸，一路上为我们讲述了许多祖地的人与事。映东自己有一个大型的佳馨牧场，尽管事务繁忙，但因为我们的到来，却数天一路陪同，为了招待我们，还专门宰杀了一头牛，备下了全牛宴，这也算是对我们甚为隆重的接风了。

拍过了照片后，我对芳田哥说：“我想给徐行公先祖上个香，可以吗？”芳田哥说：“那是自然，那是自然。”我拿出了200元钱，算是香钱，递给年轻的和尚，同时又对老和尚说：“这是200元钱，我一起捐给庙里吧，我们离这儿远，不能来的时候，请您帮我们给先祖上炷香，有劳师父了。”和尚双手合十道：“阿弥陀佛！”年轻的和尚遂与我点燃了三支香，我上香的同时，大家也一起上了香。金鸿和徐静哥也分别随上了香火钱，还有一同陪我们从安庆来到宿松并全程一直相随陪同的徐一明兄长也送上了200元的香火钱。他说：“既然来了，也应该表示点心意。”我们都是希望在我们远道未能至的时候，且请师父帮忙照料和照看了，虽然现在这牌位已属当地文物，得国家明文保护，但这是我们徐家后代对先祖的一点心意和敬意，此后山高路远，人无法抵达的时候，尽点心意，也是不忘来路。

不忘来路，方知去路。

待要离开时，竟然是心有不舍的。这一去，千里迢迢，何时得归？这一去，关山重重，千山万水。如果我没有来过，我不会在意和惦记，可是，今天我的脚真真切切地踏上了这片土地，踏上了祖辈们生活过的土地，我就无法淡却和忽略。

白崖寨哟，白崖寨，这古老的白崖寨，在倏忽之间已经成了我生命中一个抹不去的印记，它将会永远地镶嵌在我的心中，成为我一生的惦记和牵挂。这里的人，这里的事，这里欢乐的时光和一张张如沐春风的笑脸，这一个古老的伤痕累累的山寨，还有曾经繁衍了我们这一支族的先祖，以及徐行公的深明大义，这里一切的一切，都会与我的生命一起相栖相伴。

曾经遥远的宿松，曾经没有听说过的白崖寨，在这短短的几天之间，竟然成了离我心灵最近的地方，它温暖真切得触手可摸。哦，宿松，我曾经精神地理里的故乡，蓦然间，竟成了我永远的遥想和热望，终会令我一生都无法忘却。

宿松，哦，宿松！

（此文写于 2018—2019 南京挂职交流之际，刊发宿松 2020 年《徐氏会刊》第 1 期）

霜寒

一

厚重的棉布门帘被一阵冷飕飕的凉风掀开，门窗的掀动处紧接着，走进来一个风风火火粗糙的女人。

说她粗糙，是因为她面相苍老，皮肤粗黑，而且头发也没有用心梳过，胡乱地用塑料皮筋扭在头后，脖子上尽是褶皱，一副生活随意邋遢风霜的样子。

女人五十多岁，但看起来似乎有七十多岁光景，身材臃肿，满脸褶皱，由于她的身形和面相，让我错估了她的年龄。

一进门，四顾一望，便对着我说："娃呀，我还以为人很多，只有你一个人呀，哎呀，你这娃一看就亲，我就喜欢。"嘴里一边不停地说，一边打量着这间盐蒸馆。"这里收拾得这么好呀，讲究得很哦！我给你说哟，娃，姨是第一次来这里，你可别笑话我哟！"

在这个年龄，竟然有人把我称作"娃"，心里不免觉得有几分好笑，自己的娃都半大小伙子了，还有人将我叫作娃，不知是幸，还是错觉。

见她如此不见外地跟我套近乎，便难拂她的热情，淡淡地笑了一下，说："不笑话，不会笑话的，我咋会笑话你呢，大家都是这里的客人么！"

其实在心里，我是对她有着一丝厌弃的，因为，随着她的进门，屋子里顿时有了一股难闻的汗酸味。虽然，她此时穿的是汗蒸馆里经过清洗和消毒的专用汗蒸服，但是估计她不经常洗澡，抑或是头发脏了很久没有洗的缘故，发出那种刺鼻呛人难闻的汗酸味。

进来后，她不知道该待在哪儿，或者说是怎么样待，便问我。见她相问，我便说："这里哪儿都可以坐，也可以躺，你随便。"

因为觉得她身上的味儿很冲，便用手一指对面的拐角，对她说，那地方宽敞，你可以待在那里，坐躺都行。她四下看了看，然后，就听从了我的话，说："哦，哦，好，那我就待在那儿吧。"

说完后，便迈着一双粗糙的大脚，笨拙地上了台子。

见她很信任地就听了我的话，心里又生出了一丝丝的歉疚，虽然我对她说的话并无错处，但在内心来说，我毕竟是有着一些私心的。因为她身上的汗酸味和难闻的气味，我不想让她跟我离得太近，或者，我不想让她待在我的旁边。尽管她一来，就向我热情地示好，可是，我却并不想跟她过分亲近。

抱着这种歉疚的心理，便又主动对她说："你应该先喝一点儿水的，汗蒸的时候出汗多，你喝点儿水，以防脱水。"她便连忙感激地说："谢谢，谢谢呀，你这娃真好，我头一回到这来，啥都不懂，你不说，我都不知道，你这娃不光人长得好，心眼儿也好，我要有你这样的一个女儿就好了。"

听她这么一说，我又有些不好意思地笑了，为自己不便示人的心理惭愧。我用手指着门边上的壶和杯子，对她说："那儿有壶和杯子，一个壶里是磁化水，一个壶里是热开水，你将两种水兑一下，喝个三杯，三杯喝下就差不多了。"她听了我的话，又蹒跚地急忙走下来，倒了水，两种兑了，一次性杯子，一杯水她拿起杯子一仰脖子，"咕咚咕咚"两下就喝了，三杯水"咣当"三下子，就都倒进了她的肚子里。

就她喝水的样子，明显能够看到，她喝水的方式跟一般人是大不相同的。她这种喝法，我见过，但那都是焦渴焦渴的人渴急了的喝法，或者说是抢时间，仓促喝下的。平日里或许她很忙，有很多的事要做，喝水是应付身体的干渴。可是她在这样一个装修精致的汗蒸馆，完全是一种休闲放松的方式和状态，完全没有必要这样大杯一灌而入，可她竟这样“咕咚咕咚”几下子，就将我们要喝好一会儿的水全都喝下了。

喝完水，她又迈步登上半尺高的台子，盘腿在上面坐下。这是一个骨架粗大的女人，就算是坐着，也比一般的人高，更占地方一些。看得出，这是一个生活简单而粗砺的女人，虽然她走进了汗蒸馆，坐在了这样一个富丽堂皇又优雅的馆子里，但她显然跟这里的环境是极不相称的、格格不入的。

女人坐下后，并不跟我谈汗蒸，却与我说起了她的身世。

因为汗蒸一次一般情况下都需要一个小时，为了打发时间，我便带了一本汪曾祺的短篇小说集，一边看书，一边汗蒸，这样，不至于在等待的时间中觉得太无聊。因为，在汗蒸的这一个月里，我每天都是利用下午下班时间来的。下班后，同事们多会回家做饭吃饭，我因为丈夫不在这边，娃住在学校里，这边的家就常常是我一个人，所以也不用操心谁需要我照顾，就自己在饭馆里迅速地点了饭，匆匆吃了，直接来汗蒸馆了。一者来说，避免人多时的喧哗和拥挤；二者来说，也可以拥有一个自己读点书的空间。

一连数天，我都默默地享受着一个人汗蒸与读书的宁静和快乐。

这个女人的到来，无疑打破了这个空间的宁静。

她一坐下，便嘴上不闲，不间断地说话，并不管我眼前摆放着的书，自顾自地说了起来，如诉苦一般。“娃呀，姨的命好苦哟，你是不知道哇，人都说黄连苦，姨的命比黄连还要苦上十倍。”

听她这样自叹自怜，出于本能，我不能无动于衷，装作什么都没听见，只得将目光从书本上挪开，怜惜地问：“咋了，你的命怎么就会比黄连还苦呢？”

二

原来，她是一个乡间女子，生活的地方是一个很偏远、很艰苦的乡村。在她八岁的时候，母亲得了血崩，由于没有得到及时救治，去世了，父亲有腿疾，走路一瘸一拐的，身体还一直不好，有头风、痛风，因此，重活儿也做不了。当别的孩子都已开始上学的时候，她作为家里的老大，却不得不帮着父亲干地里的农活儿，做家务，照顾着两个年幼的弟弟。

长到十六岁的时候，村里来了一个人，是某农机站的一个工人，四十多岁，是来给村里修拖拉机的，那天，她也凑在人群里认识了他。这是一个个头儿矮小的男人，有点儿黑，也并不魁伟，因为有点儿技术，便显得跟村子里的那些人不一样了。

本来，认识一个人是一件很普通、很平常的事，每个人的一生，都会认识很多的人，可是，就是这个男人，这个矮小的男人却成了她一生的孽债。要独独是这一次，倒也没什么，可能时间久了也就没什么印象了，可是，这个男人后来又来了村里两次，与村里的另外一个人还是亲戚，数次相见，让他们便不再只是普通的熟人了。当然，也因为她没有念什么书，对于上班的人，还是很仰慕的。虽然这个男人的年龄比她的父亲还要大，但是，她却就这样跟这个男人义无反顾地好上了。

父亲知道这件事后，极力反对，理由是，那个男人太大了，两个人做夫妻不合适。可她就像吃了秤砣，铁了心，父亲怎么劝都无济于事，见劝她不听，在盛怒之下，父亲狠狠地打了她一顿，倔强的她便连嫁妆也没要，赌气跟着那人跑了，这一跑，便定了终身。

一个十六岁的女孩，就这样嫁给了一个四十多岁的老男人。

来到男人的家之后，才知道男人的家里很穷很穷，除了床和一个装粮食的柜子，什么也没有，可以说是家徒四壁。男人虽然有个工作，却并非正式工作，是农技站的一名临时工，因此，工资也要比别的工作人员低。家里只有一个老娘，脾气又大又蛮横，张口闭口都在骂人，她到了这个家里，就等于成了婆婆嘴里的下饭菜，可走到了这一步，也没有回头路了。来到这个家里生活之后，才知道，这男人原来是有一房媳妇的，因为受不了婆婆的虐待，带着儿子跑了，而她跟了这个男人，等于说是给这个男人做填房。

填房就填房，只要这个男人对她好，也是无所谓的。

可这个男人，除了上班，身子又沉又懒，家里的活儿一点儿都不肯做，她还不敢说，一说了，娘儿俩就合起伙来收拾她。她只得忍气吞声，一个人任劳任怨，地里的、家里的，重活儿轻活儿都得自己干，指望不上，也不敢指望。

男人不爱干活儿，但黏她却黏得紧，一到晚上，就催她睡觉，她年轻，生育能力强，跟了这个男人后，就像鸡下蛋一样，一年生下一个娃，四五年的工夫，就生下了两男两女。在一般人的眼里，这是人丁兴旺儿女双全之家，属于有福的女人。通常情况下，这样儿女双全的人，在年轻人结婚的时候，都是被请做牵床的牵娘的，可是，她这样一个女人，在家里家外却都高贵不起来。正是因为她一气生下了这么多的娃，让一个原本贫穷的家，变得越来越穷了，越来越难以维系了。

一个家里，突然增加了这么多的娃，带上她，连添了五张嘴，五张嘴天天都得吃喝，生活就更加窘迫了，婆婆就比着她骂猪骂狗，挣不下钱，光会下崽。为了养活娃娃们，她没日没夜地做活儿，做完了地里的农活儿，就去给别人打短工，挣一点儿油盐酱醋钱。尽管她一天忙忙碌碌，可是，婆婆还是嫌她这嫌她那的，有几次婆婆找着由头跟她吵架，恶狠狠地将她赶出家门。冰天雪地里，她就抱一捆麦草，睡在门前冰冷的寒泥地上，后来娃们见母亲冻得不行，求奶奶，婆婆才气哼哼地让她回屋里睡。就因为多次睡寒泥地，她落下了一身的寒湿病，成了劳伤，一到天气要变了，天要冷下来了的时候，就感觉到手脚冰冷，浑身酸痛，彻骨的寒凉，跟没有穿衣服一样。

这次来这里汗蒸，就是因为听说汗蒸可以治身上的湿寒，她才来试试的，也因为第一次试蒸可以不收钱。

说到这里，她问我："汗蒸的效果咋样呀？"我说："蒸的时候人会出很多的汗，应该有排湿排寒的效果，因为从医学的原理来说，风气湿气寒气，可以通过运动，或者是人体的体温升高，从毛孔中散发出来，身体内外达到平衡，或者是温度普遍升高了，寒症湿症就会减轻。"

说到这里，她叹了一口气："哎，要是蒸得有效果，我还得找钱，人家这儿估计不让欠账吧。"见这几百块钱的小钱她都要欠账，我有些惊讶，对她又生出了几分同情和怜悯，问："你不是有儿女吗？治个病，让他们给你出点儿钱不就得了！"她说，两个儿子和一个女儿都在南方，一年，甚至好几年都不回来一次，一个女儿倒是嫁在本地，在家里自己也当不了家，因此对她关心也有限，每年年底了，能提点儿东西来看望她一下，就算是孝顺了。我又问："那你那男人呢？"

女人见我说到这个，狠声狠气地骂了一句："那个死鬼呀，估计早死了，没死也跟死了一样。"他的老娘，也就是将她赶出家门的那个婆婆，在一次车祸中死了，男人拿着老娘的赔偿款又跟一个外地的年轻女人跑了，一走之后，再无音信，一次都没有回来过，见过负心的男人，没见过连自己儿女都不认的男人。"这么多年，我早当他死了。"

在跟她聊天儿的当口，我时间到了，跟她打了招呼，便起身去隔壁房间换衣服去了。

三

第二天，我依然按照平时的时间来了，来的时候，依然没有人，这依然让我感到庆幸，庆幸又可以按照自己的计划，读一些书。这套汪曾祺的小说集，是上中下册三卷本，是我从网上购买的，一直没有时间读，刚好就这一阵汗蒸的时间，来读读。在中国近当代作家中，汪曾祺是我比较喜欢的一个作家，因此，对于他的作品，我还是希望能够认真地阅读一下，或者说是，用心地品鉴。

在我一篇文章还没读完的时候，门又被一阵凉风掀开了，进来的依然是昨天的那个女人，她还穿着昨天穿的那件咖啡色的汗蒸衫。她一进门，看到我就立马跟我说："娃哟，你来得早哇！"我应了一声说："不早。"她初来，总没有进屋关门的习惯，一直到我提醒："姨，你把门关上一下，行吧？在这房子里，人衣服穿得单薄，突然冷空气进来的太多，对人身体不好。"她赶快就像是犯了错一样，连忙说："哦，你看我，我不知道，不好意思啊，这就关了，这就关了，以后一定注意。"

其实，说句实在话，没想到，她今天能来。因为，她昨天只是来试蒸，今天来不来，还不一定，更何况她说自己没钱，而且生活还那么艰难，能不能找到钱还说不准呢！

昨天将该注意的事项给她说了，今天来这里，她显然就熟悉得多了。进来后，先自己兑了水喝，喝好了水，四处打量了一下，"今天还是我们两个人呀，那我还待昨天的地方吧？"我说："好，我们两个人，这样待着也宽敞一些。"

她一坐下，就不停地问我："娃，你多大呀，在哪住呀，做什么的呀？”说实话，这些问题，对于任何一个陌生的人，我都是不太情愿告诉的，见她一直想说话，我就转移了话题，捡起她昨天说的那个事。“你说你没钱，那你今天来蒸，找到钱了吗？”她说找到了，是她的兄弟给她拿来了一千块钱，让她来蒸的，说不管咋样，将身体调理好。

这个消息，让我有些意外，昨天她还对我说，她的孩子们都不怎么管她，我还为她愤愤不平。一个农村女人，一点儿文化都没有，在现在的市场经济下，硬是靠着卖个零工，做点儿零活儿，供养了四个儿女上学，可以想见有多不容易，她硬是将四个儿女都供着上了学，最差的也念到了高中毕业，三个小的，还上到大学毕业。对一个单身女人，一个单亲母亲来说，这几十年的含辛茹苦，这几十年的酸甜苦辣，这几十年的日夜操劳和艰苦劳作，这份独自支撑的艰难与苦楚，实在是让常人无法想见。这可能，也就是我见到了五十多岁的她，感觉像是七十多岁了一样苍老的原因，生活的艰苦以及岁月的磨砺，在她的身上留下了明显的深重的印迹。他们可以没有父亲，但是，他们绝对不可以不管母亲、不孝顺母亲，让母亲如此的孤苦伶仃，无依无靠，这让任何一个旁人看了，都会无比的心酸、心寒。都说养儿防老，积谷防饥，父母养了儿女的小，做儿女理应养父母的老，更何况这样一个悲凄的母亲，断不可让苦哈哈了一辈子的母亲这样孤苦无依！

而她的弟弟，竟然对她又是好的。说到她的弟弟，她的脸上露出了欣慰和骄傲的神色。“现在呀，我就是在我的弟弟跟前能得到一点儿温暖，娃们吧，基本上是靠不上。”昨天蒸了回去，感觉到浑身轻松，觉得有些效果，今天一早，她就给弟弟打了电话，弟弟就给她找了钱送来，还给她所寄住的庙里的管事人买了一块一千多块钱的手表，为的是让人家能够让她天天来这儿汗蒸，并且，晚上能在黑夜路不好走的情况来接一下她。因为，据她说，她现在寄住在一个庙里，在这个城市，没有她的房子，没有她的家，老家的房子年久失修，早已坍塌。她可以说，这多年来一直没有一个安定生活的地方，以前在西安打工，现在年龄大了，寄住在这个寺庙里，给庙里帮忙照看个香火，混个日子。听她的生活，确实有些辛酸，假如她无儿无女，可以住进养老院，或者是国家按五保户给照看起来，抑或按生活困难户给吃上低保。可是，她儿女好几个，便享受不上国家的优惠政策，既当不上五保户，又吃不上低保，只有一个人受穷受苦受难了。

想到这里，我便又问："你的娃们是不是在外面混得不好呀？"她说："在外面的都还不错，都是考上了大学的，上完大学，老大给公司老板干，老二给自己干，小女儿在南方给她二哥干。"我便觉得有些不解，"既然他们在外面都搞得挺不错，那咋不将你也接过去呀？人说，年少不知娘辛苦，育儿方知父母恩。他们现在都自己成家立业了，按说，应该能够体谅到你一个单身母亲养育他们多年的辛苦和不易，咋能将你一个人放在老家，不给钱，也不管不顾。"她说，儿女的城市，她都去过，她说不来那边的话，跟儿媳妇也搞不到一块去，人家嫌她这儿嫌她那儿的，做事做事看不上，说话说话不中听，照顾个孩子也嫌照顾不好，反正在那里一天一点儿都不开心，做人的一点儿自由都没有，还不如在老家，虽然生活艰难点儿，最起码人是自由的、开心的，没有人一天到晚给自己管着，也不用看儿媳妇的脸色，受儿媳妇的气。

人都说，养儿防老。养儿真的能防老吗？眼前便是鲜活的例子。有道是，儿不嫌母丑，狗不嫌家贫。这句话，也未必就是真理。很多人，很多事，在生活中是经不起考验的，当一个母亲几十年如一日，屎一把尿一把，含辛茹苦地将孩子抚养成人，而孩子能够给她的回报是什么，是一个问候的电话、一张亲切的笑脸、一个节假日的探望，还是病榻前的端药伺水？这在每一个家庭都不一样的。有时，常常想，是家风出了问题，还是社会风气出了问题？我们的尊老爱幼，老吾老以及人之老、幼吾幼以及人之幼呢？我们几千年的孝道文化又都哪儿去了呢？这常常是我们眼望生活、迷惑不得其解的问题。

这一天，汗蒸结束后，天下起了雨，我向店老板借了伞，叫了一辆出租车回去了。回去的路上，我一直在想，这个可怜的女人，晚上怎么回去，下着雨，汗蒸后不能淋雨，她能不能找到伞，而且她还要进山，走那么远的一段山路，好几里呢。我只是担心着，也只能担心着。

四

第三天的下午，我依然是在平时的时间来的。而这一天，我到的时候，那个女的已经到了，她和一个白须白发的老汉一同坐在大厅的沙发上，见我来了，就连忙跟我打招呼，我说："你今天来得早呀！"她说："早点儿来，早点儿回去，路太远，天太晚了，还是不怎么方便。"我想，她说的有昨天晚上下雨的因素在里面。

见她和我说话，那个男人也用目光打量着我。这个老汉看起来很老，有七八十岁的模样，但是身体看起来，很硬朗，肩宽腰壮的，看人的目光炯炯有神，如锥子一般，说话的嗓门儿也很大，很洪亮。我来的时候，他们正和老板在大厅里说着什么，在店外面老远的地方都能听得到他们几个人说话的声音。

对于陌生的男人，我多数不爱主动打招呼。当然，除了提防的心理，也压根儿觉得没有结识的必要。老板随便给我拉了几句话，我取了自己的书，换了衣服，径自进了汗蒸馆。

那个女人见我进来，也尾随而入。

两个人的空间，不想说话都不行，只要有一个人说话，另一个人就不得不回应着。

她一坐下就给我说，昨天晚上没有伞，只得在这里等雨停了，雨停后，她才从这里离开。好在雨只下了一会儿就停了，要不然，咋回去呀？就这，回到庙里都已经十点多了，有的地方有路灯，有的地方没有路灯，给她吓得，几乎是一路小跑着回去的。看庙的人年龄大，睡觉沉，敲门敲了半天还是敲不开，哎哟，给她吓得，躺在床上半天，都还心惊肉跳，惊魂未定，后怕着呢。

我说："你天天晚上都那么晚，要不然，你改成白天来蒸吧，人家白天这里也开着门呢，白天人还多，热闹。"她说："白天走不开，要照顾庙里，庙里一直不断地有香客，需要人招呼呢。只有在晚上才有时间，才能安心地出来，这不，我好说歹说，把管庙的老汉给请来了，晚上回去好给我做个伴儿，路上也有人给壮个胆。"

听她这么一说，我又想起了在大厅里见到的那个老汉。我说："哦，大厅里的那个人是你带来的呀，我还以为是老板的父亲呢。"她说，那不是老板的父亲，是她带来的，是她待的那个庙里管庙的，这个庙就是那个人自筹资金修建起来的，他主管着，她在那里等于给他帮忙，在庙里讨个安生之所，混一口安生饭吃。

"哦，"我应了一声，"那照你这么说，你说你兄弟给买的手表，就是给了外面的那个人呀？"她说："是，弟弟为了让那个管庙的能对我好点儿，照顾一下我，专门买的。这不，我昨天晚上回去一说，路上害怕得紧，想让他来路上给我做个伴儿。今天下午，吃过晚饭，我说，我去汗蒸，咱们走吧，他就跟着一块来了。"说完，她宽心地笑了。

"那老汉的年龄好像挺大的？"她说："是的，那人都八十二了。"我说："这么高龄呀，是不是住庙里的人都高寿呀？"她说，这人就是身体好，每顿饭都能吃一大碗，而且还喜欢吃肉，隔上三两天，就得下山割一回肉，买些豆腐、鸡蛋什么的，这些菜要来山下的城里买。其实，要说蔬菜，自个儿在菜园子里样样都有种。据她说，这两年，她一直住在山上的庙里，种了好大的几块地，麦子、玉米、豆角、洋芋，样样都种一些，还修了好大的一片菜园，白菜、辣椒、西红柿、茄子、黄瓜、葱、蒜苗等等，样样都有，要吃了，直接提着篮子到菜园子里摘就行了。因此，在山上，吃饭不用发愁，有时还经常将一些吃不完的蔬菜送给熟悉的香客，平日里再卖些香表烛火之类的，基本的生活是没有问题的，有时碰到一些香客许愿兑现了，他们还会给一些功德钱，日常的生活开支，柴米油盐，都是够开销的。她虽然没有工资，但是在庙里基本的吃喝，就像是自己家里过日子一样，也还是可以的。

她说的庙我没有去过，但是具体的方位我是知晓的。以前山上都是半坡地，退耕还林之后，在那里建起了一个庙，初一和十五，常常有一些香客去那里烧香祈愿，香火好像还很旺盛的样子，在老远就能听到鞭炮声。我不常去庙里，但是对于一些佛教、道教文化之地，还是抱有一种敬畏之心的，因为，它们要么予人以精神上的寄托，要么予人以希望。我大哥以前常常说，你说一些事情怪不怪，村里的一些老头儿老太太平时看起来病病殃殃的，可是一烧起香来，个个劲头儿十足，跑得欢实得很，而且感觉到精神好了，气色好了，身上的病也好了许多似的。我认为，这都是精神疗法的效果，一个人，老觉得自己有病，自己好像就真的病得厉害，整天忧心忧身，时间久了，人没了精气神，就会垮掉。而有了信仰，觉得有一个神明一直在保佑他，他就觉得自己不要紧了，神明日夜在看护着他，一定会把他身上的疾病全赶走，这样，他的精神气一上来，病就不算什么了，整个人好像真的好了起来。

以后很多天，那个男人天天下午都会来汗蒸馆，坐在外面的大厅里候着她。这么一大把年纪的老人，并不老态龙钟，相反，却非常健谈，他坐在哪儿，哪儿就一直不停地有谈话声，而且声音洪亮，很有穿透力，女人安安静静地在里面汗蒸。蒸结束了，两个人一起沿着山后的山路回庙里去了。两个人，年龄相差二十来岁，但是因为共同看护着庙宇，抱团生活，又组成了一个生活共同体。这是不是商品经济下，老年人的另一种生活方式呢？当儿女离得远，或者是都靠不住的时候，老年人相互取暖，结伴作团，在精神上和生活上相互关怀和照顾，愉快地安度晚年，这是否也算一种理想的生活状态和养老方式呢？最起码比一个人寡居要好得多。

于此，我又想，大凡存在的，应该都是合理的。

五

一周后，我汗蒸的时间结束，便再也没有去过那个汗蒸馆。

数月后，在一个朋友的酒宴上，见到了那个庙里的白须白发的老人。没想到，那个老人居然是朋友的亲戚，是他的一个本家的叔叔，巧的是，我竟然被安排与这个老人坐同一桌，老人坐在上席。

酒席上，他见着我熟悉，慈祥地微微一笑，我也礼貌地和他打了招呼:“哦，您也来了呀？”他说:“这是侄儿家。”我说:“巧，熟人碰面了。”

在酒桌上，老人侃侃而谈，语言非常得体，又显博学。因为一桌人，就数他年岁最长，被安排坐在上席，他一直不停地招呼大家吃菜喝酒。在我们当地，坐上席的人有这个责任和义务。一桌子的菜，上席发话了，大家才能开始动筷子，而且每次菜端上来，也都要先转到上席面前，以示尊重，上席的人动筷子先吃了，才转到众人这边。他虽然年事已高，却并不倚老卖老，仍是礼貌周到，彬彬有礼，时不时地兼顾到小孩和妇人，给这个小孩夹一个水果，给那个小孩夹一块糕点，很是亲和。

多次相见，我并没有意愿跟他说话。对于他，点头之交，或者碰面微笑一下即可，但这一次同桌吃饭，说到底，我对他的印象还真是不错的。

酒宴后，老人被他的晚辈们小心地搀扶着坐上了小车，望着车渐行渐远，我仍是定定地站在那里，心里却一直在思忖着，这个人在生活中和庙里都还算游刃有余。如此说，那个女人栖居在庙里，也算是偶得一份安居的生活。直到有人喊我，我才回过神来。

抱着一种好奇，我便询问了朋友："那个老人跟你们是亲戚呀？"朋友说是，于是便同我聊起了一些老人的情况。老人也有好几个儿女，而且个个都有工作，但是他不喜欢过那种无所事事的养老生活。儿女们都有工作，都很忙，一周也难得见上一面。老人老伴儿去世好几年了，平时在家也就是他孤家寡人，寂寞了，孤独了，连个说话的人都没有，陪伴他的，也就儿女为他养的一只不会说话的小狗。半坡地退耕还林后，山上不让满山遍野地种庄稼了，有人说那块地方风水好，老人就自筹资金在那儿盖起了一个三间房的庙，过上了住庙的生活。儿女都极力反对，认为他有儿有女，还住庙里，丢了他们的脸，在外人眼里，肯定觉得子女不孝顺。但是老人执意而为，任儿女们怎么劝说，他都不肯下山，一晃就这么在山上待了几年。好在老人身体硬朗，正如一些庙里的方丈和住持一样，好的样态都是修行修出来的，淡泊生活了，便自然安详。

这个男人和女人，让我想起了城市里和乡村中的空巢老人，他们辛辛苦苦一辈子，到老了，却孤苦伶仃地过着一个人的寡居生活，没有人说话，没有人交流，更没有人陪伴，甚至生病了也没有人知道。

此前听过这样一件事情，一个老妇人独居在农村的老家，死在家里好几天了，却没有人知道。后来，村里来了一个卖菜的，走到她家门前，见都中午时分了，屋门却紧闭着，令人奇怪的是，从屋里却传出一股刺鼻难闻的臭味儿，立时感觉到有些不对头，就趴在她家的窗户上探头往里看。这一看，不得了，原来，老人都已经死了，那臭味儿正是从屋角的床上散发出来的，便赶快叫了村里的人。村里的人来后，将老人的门用石头砸开，进屋一看，老人的头已经被老鼠啃去半边儿了，浑身长满了肥硕的蛆，地下爬得四处都是，人都不能下脚。那种惨状，着实让人目不忍睹，而老人的儿女个个还都是国家干部，依然在城里安然地上着班，生活着，对此却浑然不知。

这件事让人听了心酸又悲惨，老人一生养育了六个儿女，临到老来，却是如此下场，实是让人触目惊心。不知见此惨状，她的那些儿女心里又会做何想？会不会有些惭愧，有些内疚，有些自责，或者是夜梦难安，抑或是追悔莫及？

里外想想，我似乎理解了那个女人和那个老人为什么会选择住庙。住在庙里，每天都会有一些香客需要他们，他们安慰劝解进庙的人，在心理上觉得自己被人需要着，觉得自己还有价值，而且在庙里，每天都会接触一些香客，让他们每天的日子都不冷清和孤单，充满了很多人间真情。在管庙的同时，女人可以给老人做做饭，洗洗衣服，也可以照顾女人，给女人一个栖身之所以及生活上的踏实和安定。虽然两个人什么关系也没有，但在庙宇这个神圣的屋檐下，他们又是一个共同体，生活上相互照顾，精神上相互陪伴，排解生活上的冷清和孤独。这，总比一个人待在一间冰冷的毫无生气的房子里要好得多。

汗蒸结束后，一连好多天，那个女人的影子在我的心中一直挥之不去，时不时地就会浮现在我的眼前，那张苍老的脸，那副悲苦粗粝小心翼翼而又不知所措的神情，总会在不经意间从我的心中“噌”地一下跳出来。

作为一个母亲，或者说，时下的父亲和母亲，像他们这样的情况多吗？他们两个人在庙里结成了一个生活联盟，而其他的独身独居的老人，如果不能和儿女在一起生活，儿女又不肯给老人生活费用，老人该如何安度晚年？如何活得体面有尊严？如何使我们的社会老有所养、老有所依、老有所乐？尤其是有儿女的老人们，他们的老年，该如何度过？那些正在不断增加的空巢老人，究竟怎样才能生活得健康和安乐？

我眼望远方，发出了一声长叹！

此后，我再也没有见过那个女人，我想可能是庙里的生活不便外出吧。但我仍是为她欣慰着，种几畦小菜，营几方薄田，一生孤独，临到老了，却有一个搭锅吃饭的人和一个安身立命之地。如此，生活尚不算绝望！

（原文刊载于2020年《延河》杂志第8期）

腊八粥

一

明天就是腊月初八了，人常说过了腊八就是年。可是此时，刘洋还在医院里，岳婷不由得有些焦急。

要说吧，刘洋是一个长得壮壮的男人，在岳婷眼里，他一直是身体健康的，可是，忽然在一夜之间生了病，而且这病还生得莫名其妙，令人费解。

早上起来，刘洋就坐在沙发上，在身上挠，岳婷问他是怎么了，他说身上无端地痒，还有些痛，不知道咋回事。岳婷便说："你将衣服脱掉，让我看看是咋回事？"刘洋不情愿地将衣服脱了，这一脱，把岳婷吓了一大跳，说："怎么搞的，你怎么搞的呀，身上咋成这样啦？！自己去镜子前看看。"

刘洋起身，自己走到穿衣镜前一看，也大吃一惊，咋身上都是这黄亮亮的水泡呀？前胸、后肩、脖子上，到处都是，有的地方已经破了。难怪会痒、会痛，都成这样了，看得岳婷头皮发麻，问："你究竟是怎么搞的嘛，身上都成这样了，自己没有觉察到。"刘洋说："昨天吃了一点儿感冒药，以为是过敏呢，痒痒就过去了，也没当回事，早上就难受得厉害，我也没想到就成这样了。"岳婷更不知道这是咋回事。

岳婷说："不可能是过敏，这药我经常吃，我吃咋没有过敏呢，你一吃就过敏了，真是奇怪，肯定是别的啥毛病，待会儿去医院检查一下吧。”由于岳婷要上班，便让刘洋自己去了，她害怕刘洋不听话，一直看着刘洋出了家门，她才收拾去单位。

还没到下班时间，刘洋打来了电话，医生检查说是带状疱疹，在农村就叫“蛇缠腰”。这是发现得早，要是发现得迟，身上长满了，毒性就大了，对身体的伤害也会更大，以前在农村，医疗条件差，为此送命的也有。只不过现在医疗条件好，可以治疗，但也得认真对待。

刘洋历来不爱去医院，总觉得自己的身体好，没有什么大事，医生给开了一堆药，就自己拎着回家了。当然，因为这个病，他也请了假，在家里服药涂药。不听医生的话，总是要吃亏的，他以为一个小毛病，吃吃药，涂涂药就好了。可是，这是病毒性的带状疱疹。转眼一个礼拜过去了，他身上的水泡也没见消下去，而且脖子、耳朵，甚至脸上都有了。

看到疱疹的面积在扩大，刘洋也有点儿害怕了，于是又去了医院，医生给开了单子让住院，这次刘洋学乖了，赶快办了住院手续。换洗衣服和生活日用品，还是岳婷抽时间给他送到医院的呢。岳婷叮嘱他：“一定要配合医生好好治疗，马上就要过年了，再治不好，过年都不能安然，咱们不能安然，还咋去照顾老爷子，陪老爷子过年呢。”老爷子是刘洋的父亲，他们兄弟姐妹私下里都爱这么叫。

这些天来，岳婷跟刘洋基本上是电话联系。刘洋知道这个病传染后，不让岳婷去医院，他说自己能走能动，吃饭在食堂里打着吃就行了，没有必要专门送饭、陪护照料。因此，一周来，他们都是各管各的。平时，刘洋在家里，岳婷嫌刘洋闹腾，刘洋一不在家了，反倒觉得家里空荡荡的，少了人气和生气。

人有时真的奇怪，一个人在面前待着，怎么都烦，一个人不在跟前了，就连吵架都觉得怀念。

二

腊八了，虽然岳婷一个人在家，但是吧，过节还是得有过节的样子。以前母亲在的时候，每年的腊八节都会煮一锅腊八粥，不管人多人少，都是要煮的。母亲说，这是传统，中国的传统文化，不能丢，应该一辈一辈地传下去。腊八了，吃点儿腊八粥，这个节日才有气氛，要不然，人们对这个节日的记忆就会淡化，甚至忘却。

母亲是一个认真对待生活的人，任何一件事她都从不含糊，什么节日怎么样过，什么节日该吃什么样的饭食，她都会记得牢牢的，比如说，元宵节吃汤圆，三月三给岳婷他们这些孩子做爆米花，端午节包粽子，中秋节打月饼，重阳节登高采菊花，过年包饺子、炸麻花，等等。因为她的这些习惯，让家里的这些孩子一直都浸润在中国的传统文化气息里，别人不知道的事，他们都知道，别人家没有的习惯，他们也都保留了下来，因而在家里，生活总要比别的一些人家多一些滋味。

如今，母亲去世了，但是每到节日，岳婷就会想起母亲，想起母亲在做这些饭食时的样子。她是那样的安详，那样的慈祥，在孩子们面前，永远都是那么的宽厚与仁爱，她用她的坚韧与顽强为孩子们撑起了一片朗朗的晴空，让孩子们永远感觉不到生活的苦涩与沉重。多年以后，母亲过世，岳婷也一样能够笑对生活。现在想来，岳婷能有如此达观的生活态度，并且在这种生活态度下受益，应该感谢自己的母亲，是母亲教会了岳婷怎样去爱，教会了岳婷如何生活，教会了岳婷笑对风雨和苦难，因而也才能让岳婷在饱受生活的种种磨砺之后依然从容地生活，这都是母亲教会岳婷的。

在这样的一个早晨，岳婷想起了母亲，也想起了晓良。晓良今天在奶奶家，奶奶肯定会给他煮腊八粥吃的。晓良的奶奶也是一个擅长厨艺的人，母亲去后，这一家人也多享奶奶的福，逢着做好吃的，只要能够回去，她都会给他们叫回去。这几天，因为疫情，一些学校放假都放得早，一放假，奶奶就打电话，让晓良回家去，她要给晓良做好吃的，晓良一听，第二天背上包就走了。在家里，岳婷和刘洋老说他，在奶奶家里，没有人说他，还都宠着他，那种被宠被爱的感觉，让他很享受。

梳洗完毕，岳婷就在想，今天刘洋会做些什么呢。这些天听他说病房里的电视坏了，一天也只能是看看手机和微信，其他也无事可做，再就是同病房里的病友聊聊天儿，能够出去的地方，也就是医院的院子和饭堂。他有锻炼的习惯，每天早晚都要在院子里跑上两圈，此时想必他这会儿应该吃过早点，正在院子里晨跑吧。

早上一睁开眼，网上到处都是腊八粥的消息，网络时代，总会给人以各种提醒，总有一些热心的人，也总有一些在意中国传统文化的人。在这样的节日里，他们会把关于腊八的各种消息传递出来。因此，早上手机一打开，各种问候便“噼噼啪啪”地传来，手机一直响个不停，这些声音是来自全国各地的，有文友，有读者，还有同事同学和朋友，节日也因为这些问候让人心里暖暖的。其实，被人惦记和在乎着，无论如何都是一件让人无比愉悦的事情。

今天，虽然是一个人在家，但是还是应该煮点腊八粥，毕竟做这个也是一种心灵和传统的回归，也让这个日子有了与别的日子不同的味道。岳婷打开柜子，还好，各种各样的东西都有，由于最近肩周炎发作，岳婷准备煮一点儿薏米腊八粥，这个能去湿去寒。她选了八样食材，有薏米、红小豆、黄豆、黑豆、花生米、枸杞、豆腐和白萝卜，这些米豆和蔬菜搭配起来，营养好，口感也好，这是母亲的创新。而这，也是岳婷多年来习惯的口味。

为了煮出传统的味道，今天，岳婷没有用压力锅，她用传统的法子，将豆子和米用水泡上，放在燃气灶上，等水开后，用小火煮上，煮胀煮烂之后，才加上花生及其他易熟易烂的菜，另外她还炒了土豆丝、酸辣白菜、牛肉芹菜块、青椒肉丝。她一个人是吃不了这些菜的，她特意做了四个菜，是准备今天去医院给丈夫送一点儿的。好多天没有去医院了，丈夫没让她去，她上班也忙，因此，也就没有去。今天是专门请了一天的假，去医院看看，也因为今天是腊八这样一个特殊的节日，当家家都在吃腊八粥的时候，她也希望丈夫能够吃上一点儿，不至于只是看着网上的热闹。

做好后，岳婷就用饭盒一格子一格子装上。她自己不会开车，只好坐公交和地铁，为了不让腊八粥和菜汁溢出来，走的时候，她将饭盒特意扣得很紧。因为还要坐四五站的公交，才能转地铁，一般情况下，公交车上的人很多，人挤人，人挨人，拿个饭盒也是不太好拿的。

饭菜装好后，岳婷又在衣柜里找了几件刘洋的换洗衣服，内衣外套都得拿两件，将刘洋这几天在医院穿过的衣服换下来，好拿回来清洗，转眼刘洋住进医院都一周了，衣服都该有味了。将该装的装了，该拿的拿了，她又站在屋中间想了一会儿，确实没要拿的东西了，便开了门，将门反锁，坐电梯下楼了。

三

最近疫情又露头，外省几个地方有感染人群，这让各个部门又绷紧了防疫的弦。

临近过年，当然是为了保证大家都能过个好年，因此，不得不严管、严控。一方面，一到过年人口流动量增大；另一方面，有人群感染，就证明在寒冷的季节，疫情有出头的迹象。为了保障大家都能过一个安全的年，不像去年一样，为了救人，为了抗击和阻击疫情，很多人都没有在家过年，有医护人员，有解放军战士，有各行各业的工作人员，甚至很多救援人员在大年夜里奔赴武汉，开始了将近5个月的抗疫救援，甚至很多人在外隔离数月，不能归家。今年提前做好了疫情防控的应对措施和准备，这是对的。在一个多月以前，相关部门就开始对疫情进行管控和防控，就目前看来，一切都还好，最起码，周围没有感染人群和接触者。但出门，防护措施一定得做好，这个新冠病毒，最主要是防，如果都能按照医生的指导，出门戴口罩，不在人多的地方聚集，勤洗手，大抵也是可控的。

今天的公交车还挺快，岳婷刚站了一会儿，车就来了，岳婷先扫了健康码，然后上车，扫手机电子车票。这一年来，坐车一直都得这样，先扫码，再上车，在地铁上，还得测体温，医院也是一样，这些人群密集的地方，管控一直没有放松，一直处在严密监视状态。当然，这也给工作人员增加了很大的工作量，对于这些工作人员，大家都应该感激，应该配合，为了大家的健康，他们在特殊时期一直要做着这种特殊的工作，而且面对每一个人不厌其烦地说，不厌其烦地提醒。

车上依然人很多，很拥挤，没有因为节日，人们都待在家里，也没有因为疫情，人们都不出门了。城市里永远都是多样，永远都有密集的人群，永远都有不够坐的车，任何时候，它都显示着一种超负荷的饱和。

大家都戴着口罩，说话的人比较少，除了熟人跟熟人之间隔着口罩吃力地说话，其他人，都手扶着车座和吊环在看手机。在时下的城市里，人们已经练就一种能在摇摇晃晃的车上看手机的本领，车再摇晃，都不影响他们的姿态和专注。记得某一次，岳婷和一个年轻的女孩一起坐车，车都坐过几站了，才想起来坐过站了，发现时，要下车，急得大叫，纵然大叫，司机也得等到了站台才能停车，这是规矩，到了站后，女孩懊悔不迭地说：“唉，只顾看手机了，坐过了这么多站，真是沮丧！”

到站了，岳婷下了车，走了约有500米的路，就进了地铁站，地铁站依然人很多，似乎比平时人流量还大。当然，最近一些学校放假，也是导致交通紧张的原因。工作人员都戴着口罩，测体温，查健康码，安检，每一道都得认真地过。岳婷调整了一下口罩的位置，尽量让它在自己的脸上戴得严密一些，毕竟，地铁里的乘客流动量比较大，你并不知道每一个人都来自哪里，或者又要到哪里去。这些都是未知的，因此，谨慎一点儿还是没错。

最近由于湖北和四川的疫情露头，让人们的出行又充满了谨慎。不过，让人欣慰的是，新冠疫苗已经研制出来了，即将免费为全民注射，在年关来说，这又是一个大快人心的好消息。有时，不得不佩服，我国的科研速度还是惊人的，在新冠疫情爆发的这一年的时间里，科研人员一直没有停止他们的研究，在千方百计地攻克这个医学界的难题，终于，在新的一年即将来临的时候，临床应用成功，并且投入生产，面向全民普及，这是多么大的成功和喜悦呀，也是一年来人们听到的最让人欢天喜地的好消息了。尽管岳婷还没有注射，但是，她想，既然已经在全国开始使用，那也就很快了。但是，在最近的这一段时间内，无论如何还是要将自己保护好，不给自己添堵，也不给国家添麻烦，不让家里的人受到困扰，保护好自己和家人不受感染，这也算是为国家做了一点儿小贡献，这么想着，她又觉得自己是一个对社会有用的人。

四

地铁里到处都是密密麻麻的人头，到处都是晃动的身影，这提醒着人们，这是一个快节奏的社会。现在坐地铁的年轻人居多，他们忙着上班，忙着求学，忙着办事，为了省时间，总选择最快捷的交通工具，而目前城市里的地铁，为都市人的生活提供了便利，既减缓了城市地面的交通压力，又让人们的出行更加快捷。

岳婷正想着，车就来了，等着车里的人下来之后，她才上了车。在城市里，一些人是守规矩的，一些人总也不肯守规矩，这是让岳婷看不习惯的，如果在这样人流众多的城市，大家都不守规矩，如果什么都想抢先一步，那么啥都会乱套，以自己先得利为上，那么社会就会严重失序。以前跟晓良出门，在过马路的时候，晓良说："妈，走呀，人都走，你咋不走？"岳婷就会说："没到走的时候，绿灯亮了，咱们再走。"晓良说："路上又没人，人家不在过吗？"见晓良如此说，岳婷就会认真地看着晓良，给他解释，做人要守规矩，要守秩序，他们那样做不对。现在是没人，说不定马上就会有一辆车过来，车突然过来，人让不及，是不是会发生危险，这样，给司机带来麻烦，也给自己的人身安全带来危险，多等那几秒、几十秒，也不算啥，就一会儿的事，干嘛要去跟人和车抢道呢，包括坐公交、地铁，也一样，先下后上，人都没下来，咱们抢着去上，是不是也不对，要下的人着急下不来，咱们是不是也着急上不去，还容易发生争吵，就包括在餐馆吃饭，购物和旅游景点，也都要学会排队，做一个有秩序的人，如果大家都守秩序，也就没有了那么多的纷争和麻烦，你说是不是？在岳婷的教导和引导下，晓良慢慢地也习惯了礼让和守规矩。

其实，岳婷常常想，孩子都是大人教的，大人是一个什么样的人，孩子多半会是一个什么样的人，因为，家庭的启蒙教育和父母的言传身教，是塑造一个孩子的底因。孩子生来都是一张白纸，在后天生长的环境下，他们才会养成各种习惯，就包括说话、做事。学习态度和生活态度，多半都是跟父母学的，父母怎样，他们便会怎样，而学校的教育，则是在家庭教育基础上的延伸和推进，让好的优良的习惯巩固和提升。因此，家庭教育和学校教育是相辅相成，互相衔接，互为补充，学生才有可能成为真正的我们需要的好学生，从而最终成为一个品性纯良的社会人。我们的社会是由人组成的，因此，要提升社会文明程度，改良人的素质，须从提升每一个人的个人素养做起，而守规矩讲秩序，真诚做人则是前提。

车上没有座位，岳婷依然站着。其实在城市里的交通出行，站已经成为一种常态，在很多的时候，不论是坐公交，还是坐地铁，都是没有座位的，那少数的座位，除了老人，除了孩子，已经所剩无几，赶上了就坐一下，没赶上了，也就会心平心和地站着。地铁算快的，有时坐公交，一趟车从南到北，一个小时、两个小时都是有的，在没有座位的时候，就一直站着，因此，在城市里生活，站，也是一种功夫，是一种年长日久历练出来的。

站在岳婷对面的是两个年轻人，一个男孩、一个女孩，他们都戴着口罩。隔着厚重的口罩，他们依然在说话，女孩说："我下午就可以到家，你呢？"男孩说："我差不多到晚上也就到家了吧，我妈还说让我回家吃腊八粥呢，说今天家里煮了腊八粥，正好我回去，明天家里杀猪，杀猪的人都已经请好了。在我们农村，过了腊八就是年，腊八一过，人们就在开始为过年做准备，杀猪啦，腌肉啦，熏肉啦，灌肠啦，还煮豆浆，磨豆腐，长豆芽，有很多很多的事情要做呢，他们还指望着我回去帮忙呢。"听他们的谈话，男孩的家在安康，秦巴山区，那儿的民风民俗便是这样，当然，秦岭那边的陕南，年味儿也比城市里要浓厚得多。首先，他们很多的东西都是自制的，而不是从市场上买回来的，自己做的食物都倾注了人的感情在里面，喜欢什么样的，就做成什么样的，喜欢吃什么，就做什么，就像我的母亲在世的时候，每到年关了，还会给我们熬糖、炸米花、麻花、干果子、糖饺，还会为我们制作一种米肠。那是用猪的小肠将泡好的糯米灌进去，放在笼里蒸熟，放凉，切片，然后再放在油锅里一炸，撒上白糖，糯香可口，又香又甜，在物质匮乏的年代，在新年里，那绝对算得上是一个好吃又美味的荤盘。

男孩说着说着，脸上露出了向往的神情，那是一种远行的游子才有的。出门在外的学生，有的一学期能回家一次，有的整个学期都会待在学校，因此，一年能回家和亲人们聚在一起的时候真的不多，因为疫情，学期提前放假，这个假期就可以在家里多待几天。接到他的电话，母亲就说等他回来了就杀猪。杀年猪，在农村来说，也算是腊月里的一件大喜事，年初逮个小猪娃养着，养一年到头，才长到膘肥体壮，就是为了等着过年，将猪杀了，获得各种各样的肉，猪头啦，猪肚子啦，猪肝啦，猪腰子啦，猪蹄子，人们连猪尾巴都舍不得扔，将它煮了给小孩子吃。说是这个能预防小孩子尿床，不知是真是假，但农村人家家家户户都信这个，而且煮好了要让小孩子躲在门背后吃，岳婷和弟弟小时候就吃过这个，弟弟小时候尿床，后来不尿了，不知道是不是吃这个吃好的，无法考证，只是这个传统和习惯在农村一直都保留。

两个年轻人是去赶大巴车的，他们要去城南客运站坐车，从那里有到陕西安康商洛各地的车，一般在 7 点以前，都是可以坐上的，现在时间还早，无论如何赶在天黑的时候，他们都是可以到家的。听着这两个年轻人的对话，岳婷又想起了她陕南的老家，自己也是陕南人，大学毕业后留在了西安，就一直在这座城市里生活，以前母亲在世的时候，经常回去，后来母亲和父亲都不在了，家里哥哥嫂嫂都忙，回去的日子便少了，但是故乡带给她的丰富的记忆却是岳婷一生都无法抹去的。

因此，见到这两个年轻人，岳婷总觉得分外的亲切，听着他们的谈话，似乎也是一种享受。地铁总是很快，不到一会儿，车到站了，岳婷要下了，下的时候，她还看了两个年轻人一眼。虽然这一路上，他们没有说过一句话，甚至也没有一个眼神的交流，但是，在她的眼里，他们就是她的乡亲，因为，在那片土地上有着他们共同的气息。

五

下了地铁，一会就上到了路口，刚到路口，红灯亮了，岳婷只有等一会儿，等绿灯亮了再过。医院就在马路的对面，过了马路就是，医院门口来来去去的有很多的人，还有的人捧着花束和果篮，当然，那都是来探望病人的。其实，医院也相当于集市，有时比集市的人还要多，在很多的时候，来医院不得不耐着性子排队，一波一波，现在改进了，可以网上预约，约好了来医院，这样就可以省去漫长的排队时间。

绿灯亮了，岳婷马上开始过马路，这时，她才想着快一点，饭在手上提了这么久了，估计都快凉了，有肉菜，凉了不好吃。她进了医院，直奔刘洋的病房，刘洋的病房在10楼，要坐电梯，等电梯的人也很多，电梯门一开，一堆人走出来后，他们就进去了，有人在她前面，她让人帮忙按了个“10”，那人帮忙按了，她说了声谢谢。

出了电梯，岳婷穿过一个长廊就来到了刘洋的病房。正好病房的门开着，刘洋一见岳婷来了，有点惊讶，说：“你怎么来了？”岳婷说：“来给你送腊八粥嘛，今天是腊八节，好多天没来了，顺便来看看你，给你带两件换洗的衣服。快，饭盒打开，估计菜都不是很热了，路上跑了一路，没办法，远处带饭就吃不上才出锅的新鲜的，你凑合着吃吧。”刘洋说：“好，很多日子都没吃家里的饭呢，都想了，正好，让我好好地吃两口。”一边说一边就去开饭盒。

打开饭盒后，他又停住了，扭过头，望了望靠窗户的病床。病床上躺着一个小女孩，小女孩的脸上和身上都缠着好多的纱布。刘洋说，这个孩子是在火炉边烤火时不小心掉进了火炉，然后就烫成了这个样子，据医生说，全身烧伤面积达百分之六十，可怜了这孩子，才这么点儿大。说罢，刘洋叹息了一声。别看刘洋人高马大的，但是这人心肠特别软，见不了别人受苦受难。他说："将这饭给那孩子分一些吧，今天是节日，他们都没在家，不能做，咱这正好做的带来了，就让孩子也感受一下过节的气氛。"岳婷当然没意见，马上拿饭盒将饭菜分了一些，给那小女孩拿了过去，她对小女孩的父亲和母亲说："这是我煮的腊八粥，让孩子也吃一点儿。"孩子的父母接过，感激地说："谢谢啊，谢谢啦！"然后又对小女孩说："看，这是阿姨给你的腊八粥，你吃一点儿啊！"小女孩点点头，胆怯而羞涩地看了岳婷一眼。而岳婷在内心想的是，希望医生能够将这个小女孩的烫伤治好，要不然，以后怎么上学，怎么生活，怎么面对成人的世界?

刘洋真是想念家里的饭，一会儿的功夫，他就将饭盒里的饭菜吃得干干净净，一边擦嘴一边说："好吃，真好吃，还是家里的饭好吃，这些日子，整天吃食堂的饭，来来去去的都吃腻了，每天到饭点的时候，拎着个饭盒四处转，转来转去，最后自已老吃的还是面条饺子，咱陕西人，就好这几口，其他的，就算是饭食种类再多，吃不习惯，也就总觉得没有吃好吃饱似的。"一边说，一边去水房洗了碗。

从水房回来，岳婷问了刘洋的病情，啥时可以回家呀，刘洋说，估计还得一礼拜吧，到月底了。是啊，这都 20 多号了，一晃就到月底了呢，她将刘洋的衣服掀开，看到里面慢慢萎缩的病灶，心里又是一顿发麻。哎，赶快治好，赶快治好。刘洋说："这都好多了，最起码不痒不痛了，慢慢地一结痂就好了，这种病就是这样，看着吓人，其实我自已倒也不觉得有多难受，在这里医生用电烤、药泡、输液等多种手段综合治疗，见效快。我也想赶快出院，出院就自由了，在这儿，可真能给人憋死。”

在医院待了一会儿，不知不觉，已经到了下午3点了。岳婷看看表说：“不早了，要么我先走，今天没有上班，我去看看爸爸吧。这么几天，你在住院，没去，我上班也没顾上去，今天下午，去给他也熬点腊八粥，做顿饭吧，要不然，过节，他一个人冷冷清清的。”刘洋一听，说：“那你去，赶快去吧，老爷子喜欢吃鱼，你给他烧条鱼吧。”岳婷说好，就快速将刘洋的衣服收拾了，装进包里，走时，还没忘去给那个小女孩打声招呼。她对那个小女孩说：“好好地听医生的话哦，赶快将病治好，好回家过年。”小女孩用一双明亮的眼睛看了看她，点了点头。小女孩的父母说：“你走啊？”岳婷说是，互相道了声再见，她便离开了病房，刘洋跟了出来，将她送上电梯。

六

好在到公公家，坐四号线，可以直达，一会儿也就到了。

到了家门口，岳婷没有敲门，而是自己掏出钥匙开了门进去的，尽管她手里拎着好多东西，因为，她怕公公在睡觉，惊扰了他，但是公公却并没有睡，而是正坐在沙发上看电视。这会儿，他看的是电影《人到中年》，潘虹演的，其实这是一部老电影了，但是公公还是爱看，与其说是看电影，倒不如说是看电影里的人，公公是潘虹的影迷，婆婆在世时，就一直说他，但公公就是喜欢看潘虹演的片子，百看不厌。

见岳婷走进来，公公站起身，说：“今天上班啦，咋过来啦？”岳婷说：“请了一天假，好多天没到您这来看您了，今天腊八节，来看看您，也顺便去了下医院，给刘洋送了两件换洗的衣服。”公公听说到刘洋，便问："他在医院怎么样了呀？"岳婷说："已经好多了，病灶已经结痂了，估计再有一个礼拜，就会恢复好，没啥问题啦。"公公听了，连"哦"了两声，说好。又问岳婷："你喝水不？"岳婷说："不喝，您不用管我，我要喝了自己倒。"公公便指了指热水器，那里有热水。岳婷应着，便将菜提进了厨房。

在经过楼下超市的时候，岳婷买了菜和鱼，还买了两个馒头。公公年龄大了，硬馍吃不了，每次吃馍，他都喜欢吃那种蒸的软馍，在一起生活久了，也知道了他的习惯，因此，在这个家里做饭基本上就依着他的习惯来。

下午，家里就他们两个人，做个清蒸鱼和牛肉炖土豆就行了，这两个菜都是公公喜欢吃的，过节了，不外乎吃一点自己喜欢吃的，能有亲人陪伴着说说话而已，让这个日子不是那么的冷清和孤单。人天生就是一个群居动物，每一个人都需要陪伴，有生活中的陪伴、精神上的陪伴、心灵上的陪伴，这样，才能让人觉得自己没有被这个世界隔离和遗忘。

岳婷将腊八粥煮上，她给公公煮的都是一些软食：白米、红豆、花生、大枣、枸杞、豆腐、萝卜、冬瓜，而且煮得颇稀。老年人吃饭，吃的就是一个胃口，吃不多，但就是想吃一点儿可口的，当然，这些东西相比于别的食材来说，也要好煮的多。一个锅炖牛肉，一个锅煮腊八粥，半个小时的工夫，也就都好了，鱼更是好做，调味品放好，架在蒸锅上十几分钟就可以出锅。等把粥和菜都做好了，岳婷才将饭和菜一起端上桌，碗筷摆好了，她才叫公公吃饭。公公一看，这白白的、红红的腊八粥，高兴地说："这个好，这个腊八粥做得好，合我胃口。"两个人坐下吃饭，一边吃一边聊着闲话，年怎么过啦，最近的疫情情况怎么样呀，疫苗什么时候能打啦，疫苗能打了就好了，人出门心里总归会踏实得多。"特别是像你跟刘洋天天要上班的，我也能放心很多，我们一天老待在家里，也总是要强一点的。”公公仍是焦虑地说。

今天公公很高兴，他说饭合他的胃口，估计也是，相比平时来说，吃得多一点儿，还有一点儿腊八粥剩下了，两个人都吃不下了。公公说：“明早一热，我当早餐吃，正好。”见窗外天有些黑了，就对岳婷说：“碗你不用洗，我来洗，你赶快回去吧，今天刘洋不在，你就自己坐车吧。”岳婷说：“我将碗洗了，两下也就洗了，不用您动手了！”一边说，一边快速收拾了餐桌，三下五除二，将碗洗了，摆放进碗柜，见一切收拾停当，便对公公说：“爸，那我走了，有啥事您随时给我打电话啊！”在要走的时候，公公像是突然想起了什么，说：“等一下。”他拿出一袋大枣和桂圆，说：“这个拿回去，冬天炖肉时放点，对身体有好处。”公公是学医的，懂得养生，岳婷便听从地拿了，掩上门，归去。

（写于 2020 年冬）

疯狂的夏天

一

再过几天就要放假了。这个假期，吴灼不打算回家，想去外婆家，一晃几年没有去外婆家了。外婆家在陕南一个青山绿水的村庄，风景和环境都非常好，小时候，每年假期，吴灼大都是在外婆家度过的。后来，高中了，学习紧张，假期一直补课，因此，便有几年没来外婆家了，偶尔见到外婆，也是外婆来城里看吴灼，给家里拿些瓜豆之类的蔬菜。

吴灼之所以能在外婆家一待一个假期，还有一个主要原因是舅舅家的春生。春生比吴灼大一岁，按说，吴灼要叫表哥的，但是吴灼从来不叫他表哥，都是叫春生的名字，两个人年纪差一岁，吴灼压根儿就不觉得这个表哥比自己大，甚至她还觉得从小到大，自己照顾春生比较多。比如说，春生调皮，经常在玩的时候，给手弄破了，给腿摔伤啦，都是吴灼替他包扎，再比如他跟人打架了，吴灼帮忙喊家长，因此，春生这个表哥，在她眼里，还需要她的照顾和保护。

当然啦，春生也无所谓，不叫就不叫，叫不长块肉，俩人从小到大，就这样嘻嘻闹闹地长大了。

高中毕业，吴灼考上了上海的复旦大学，春生考上了西安电子科技大学，两个孩子都很争气，两家人欢天喜地，为此，母亲和父亲还专门带着吴灼一起回到了外婆家，两家人在一起好好庆祝了一番。两天后，母亲和父亲回去上班，吴灼自己留在外婆家。熬了几年，总算考上大学了，这个暑假可以无拘无束、轻轻松松，其他的一切，都是开学后的事了，现在还操心不着，因此，吴灼一直在外婆家待到快开学，才跟春生一起回了西安的家。

在大学的这几年，多数时候，吴灼假期都没有回西安。她利用假期的时间，和同学一起打工，做社会实践，学习生活也是忙忙碌碌，其间父亲和母亲来看过她两回，见她在上海一切都好，也就放心了。此外，大学期间，她又在计划考研，因此，除了过年回家待几天，其他回西安的时间就很少。曾经经常腻着恋着的外婆也很少见了，有时想念了，也就在微信视频上说一会儿话，外婆知道这个外孙女忙，总是让她照顾好自己，记得好好吃饭。

经过一年扎实的复习和努力，吴灼以优异的成绩考上了复旦大学的公费研究生。收到录取通知书的时候，吴灼高兴得眼泪都流出来了，总算心想事成，这几年的熬更夜读，总算有了回报，接下来，就是回家给父亲和母亲一个惊喜了。

吴灼辞了酒吧服务生的工作，准备回西安。在回家之前，她没有告诉家里人，只打了个电话，问候了一下他们，然后收拾好行李，又分别去商场里给他们买了礼物，提着行李箱就上路了。坐在飞机上，她的心情快乐得像一只自由飞翔的小鸟，从来没有这样放松和快乐过，她好想唱歌，但又不好惊扰了别人，正好她的座位在窗户边上，她就望着窗外，思绪不禁自由放飞起来，一会儿落在西安的家里，一会儿飘往外婆家所在的村庄里，一会儿又回到自己求学数年的大都市上海，然后想着这一次回去，一定在家里待几天，好好地陪陪他们，如果以后留在上海学习和工作，回去的时间就更少了。这时，吴灼不由得想起在一本书里看到，父母和我们之间的关系，就是在不停地看着我们一步一步地走远，最后离开他们的视线。这让她突然觉得又有点儿对不起父母，父母养育自己，一定也希望自己能陪在身边，守候着他们，陪伴着他们。可是，为了自己的成长，父母总说，只要你好就行，不要管我们，我们任何时候都是你坚强的后盾，离家的日子，父母对自己的想念，如何不是自己对他们的思念呢？

傍晚时分，吴灼回到了西安的家。这时，父亲刚刚下班，母亲已经在厨房烧饭了。父亲在一个行政单位上班，过着朝九晚五的生活，因此，家里的饭多数是母亲来做，见吴灼提着行李箱进门，两人先是很意外，转而又欣喜若狂，一个劲儿地说："回家咋不提前说，说了，我们给你在外面订饭。"吴灼说："订什么饭呀？就家里的饭最好，我最最想念的可就是母亲大人你做的饭啰！"

母亲熬的稀饭，做的烙饼，西安人有晚上喝稀饭的习惯。父亲说："再加两个菜吧！"母亲说："好，冰箱里有，我现在就炒。"于是，母亲一边和他们说话，一边手脚不闲地在厨房里忙活着。

吴灼放下行李，也来到厨房，帮母亲剥葱、剥蒜，父亲也到厨房门口站着，一家人这一会儿都聚在厨房里。不一会儿，菜就好了，炒了一个青椒牛肉，一个红焖鸡块，一个西红柿炒苦瓜，一个酸辣土豆丝，都是吴灼爱吃的。父亲将菜端上桌，盛了稀饭，一家人坐在了桌前，好久没有在一起吃饭了，这样的时刻，让三个人的心里都很温暖很惬意。

吃过了饭，一家人坐在沙发上，吴灼才将自己考上复旦大学公费研究生的事说了。父亲和母亲一听，都开心得不得了。父亲说："这得喝酒庆祝一下，开始吃饭时你咋不说，说了咱们一起喝几杯红酒！"吴灼的母亲说："现在喝也不迟呀，你赶快拿去嘛，咱们仨一定要喝两杯，你这丫头，这么大的喜事，电话里也不说一声！"吴灼说："我就是想给你们一个惊喜嘛，你们一直希望我考研，现在考上了，给你们一个惊喜，让你们好好地高兴高兴嘛。”

父亲倒了酒，三个人碰了杯，开怀地喝了起来。那一晚，是他们人生中最幸福的时刻。

二

在家里待了一些日子，每天陪陪父母，会会老同学，时间也过得很快。转眼时间已经八月过半了，吴灼对爸妈说想去看看外婆。母亲说：“好，这个周末，让你爸开车，咱们一起去，我也好长时间没有去看你外婆了，难得你还记得外婆哟！”吴灼说：“记得，咋不记得，我还经常跟外婆手机视频呢。我小时候经常去外婆家，外婆可疼我啦，什么好吃的好玩的，都尽着我，不让春生跟我争，为此，春生还说外婆偏心，不过，估计现在不会说啦！”说罢，又笑。

周末，一大早，父亲去门前买了早点，三人吃了，又在街边上买了些水果、牛奶和营养品，便开着车上路了。三个小时后，他们就来到了外婆家的村口。几年没来了，外婆所在的村庄大变样，村口立起了一个很显眼的标志牌，大青石砌的，上面用红色的油漆写的书法字“郝家庄”，书法很漂亮。道路也比以前宽了许多，以前的泥沙路，现在都变成了柏油路，而且也加宽了一半多，可以同时通过几辆车，村里沿路都安上了太阳能照明路灯，靠近河边的路旁还有木廊的人行步道，漂亮整齐又安全，沿河两岸栽植着成行的绿柳，这哪里还是自己过去常来的村庄，这俨然一个现代化的生态村落。吴灼看着既兴奋又好奇，一路上，两眼不停地向外张望着，不一会儿，他们就到了外婆家门口。母亲在头一天就给外婆打了电话，外婆知道他们要回来，就在家里等着，本来舅舅要外出，听说他们要回来，也就没出去，都在家等着，因此，他们一到门口，屋里人听到车响，就都出来迎接他们了，看到吴灼，都高兴地和她打招呼：“我们的大学生来了呀，唉，真是女大十八变，越来越漂亮了！”舅舅和舅娘将他们拿的东西提回去，外婆拉着吴灼的手说：“这几年都不来看外婆，外婆都想死你了。”吴灼紧挨着外婆，亲昵地说：“外婆，我也想你呢，这不就来了！”

一家人在客厅的沙发上坐下，春生赶忙给倒了水，说：“听姑妈说，你考上了复旦的研究生呀？”吴灼说：“是的，还得再读几年。你呢，啥打算？”春生说：“我学的电子科技，我想回村带动村民发展电商。现在国家重视农村发展，对农村基础设施建设投入多，你来的时候，应该也看到了，只是农民的观念还跟不上，农村的很多农副产品卖不出去。他们不懂网络操作，不知如何运营。现在发展电商是趋势，其他一些地方，通过电商运营效果很好，因此，我想带动大家走电商致富的路。”

吴灼听说后，激动地说了声：“好！有需要的，跟我说，我也可以帮忙。”春生应下了。大家在一起开开心心地聊着，聊着吴灼的学习，聊着家乡的变化，聊着两个孩子的未来和前途。

父亲和母亲在外婆家待了两天，周末的下午，开车回西安上班了。吴灼要在外婆家多待些日子，父母同意了，在外婆家，他们是最放心的，难得这个假期能在家里待些日子，外婆也挺牵挂她的，让她在这儿多待几天，陪陪外婆，这对外婆来说也是一种安慰。

在郝家庄的日子，吴灼除了陪外婆，就是和春生一起做电子商务。春生的商务平台才建立起来，需要在网上引流，提高关注度和点击率，正好，吴灼在这儿成了春生的帮手。两个人本来年龄就相仿，又都是大学生，在一起总有说不完的话，弄啥做啥也能想到一块儿，说到一块儿。春生已经有了女朋友，名字叫孙南，是延安人，两个人是电子科技大学的同学，同窗几年，算是情投意合。上大学的时候，孙南经常听春生说起吴灼这个表妹，听说吴灼正在春生家，就要来看吴灼。几日后，孙南也来到了郝家庄，还带来了其他的几个同学。这个假期于他们来说，或许都是放松的，学业已经完成，像吴灼那样要继续深造的就等待继续深造，不再深造的就计划就业，要么考公务员，要么创业。春生和孙南在学校都已经商量好了，决定一起创业，到郝家庄来发展电子商务，帮春生实现带领村民脱贫致富的理想。

几个年轻人见了面，新鲜又好奇，一会儿就都熟悉了。他们聊大学生活，聊现在，聊未来的理想，屋里不时地传出一阵一阵开怀的笑声。孙南怕人多，年轻人叽叽喳喳，吵着了外婆和春生的爸爸妈妈，就说："春生，带我们出去转转吧。"于是，几个年轻人就随着春生出了院门，往村边的柳河去了。

要说现在的农村，一点儿不比城市里差，街道干净整洁，四处绿化美化，很漂亮，家家门前都砌有花坛，道路宽敞，空气清新，就是缺少能带动村民致富的项目，要是能将这个问题解决，住在农村其实也是一件很享受的事情。春生打算搞一个电子商务培训班，将村里高中以上文化程度的人组织起来，给他们授课，让他们也都学电脑操作和网络销售的技巧。刚好他的几个同学都是电子科技大学的，一人给讲几节课，一个礼拜，应该也就培训得差不多了。年轻人，记性好，接受能力强，村里要发展，靠自己一个人不行，只有将大家都带动起来，形成一种氛围，才能让各家各户的农产品通过网络平台销售出去。他还设想，在这里再搞一些民宿和餐馆，将旅游经济做起来，郝家庄山清水秀，自然风光这么好，城里人周末来这里度假休闲，绝对是个好去处。他还说服他的同学，让他们一起加盟，其中一个男同学就动了心，说："我来，这里这么美，在这里一边修身养性，一边干事业，多享受啊！"他还说："我本来就是个吃货，让我搞民宿经济挺好，一天卖不完的，我都一个人吃了。”说罢，众人哈哈大笑。

年轻人在一起怎么着都是快乐。大家得知吴灼一周后就得回西安，就都加了她的微信，并约定，以后再回来了，仍旧在郝家庄聚。

第二天，他们又一起去了二龙山水库，玩得很开心，还拍了很多照片，回来相互传了，还发了朋友圈。外婆看到他们的照片，也高兴地说：“真好，年轻真好，个个都这么朝气蓬勃，你们这个年龄，真是让人羡慕呀！”春生的父亲和母亲，则换着花样给他们做饭吃，想让他们在这里吃好玩好，开开心心。乡村的人就是这么朴实和厚道。

可就在那天下午，天突然开始变了，一阵风的工夫黑云压顶，紧接着，天气预报也发布了黄色预警，说是晚上有大暴雨，让人们注意防汛，防自然灾害，无事不要出门，都尽量在家里待着，离河边近的，最好去远的地方躲躲，此前郑州的暴雨已经出现人身伤亡事件，因此，大家都一定要小心，生命安全是第一位的。

好好的心情，一下子被这暴雨的消息破坏，无忧无虑的心顿时有了危机感。几个年轻人都在内心祈祷，雨不要下得太大，好好的一个夏天，别因为过多的雨水让人们的生活受到困扰，更不希望村民因此而遭遇灾难。现在，好不容易在国家的扶贫政策下，各个村庄的日子都好过了，再遇上洪涝自然灾害，又会让一些人返贫，重新陷入贫困的境地。

可自然不以人的意志为转移。晚饭后，雨便淅淅沥沥地开始下了，并且越下越大，丝毫没有停的意思，坐在家里，一直都能听到雨点敲打窗玻璃的声音，一声一声打在玻璃上，也打在人的心上。能听到雨打玻璃，就证明，不仅在下雨，而且在刮风，只有刮风了，雨才会改变方向。

那一夜，大家都坐在客厅里看电视，为消磨时间，也为应付紧急情况，几个年轻人全没了白日的欢欣和雀跃，心里忽然有了许多的担心和焦虑，害怕雨就这样下一夜，会有不好的后果。到夜里十二点后，外婆有些熬不住了，说："我眼睁不开了，我去睡呀！"她睡后，春生的爸爸妈妈也相继去睡了，留下了五个年轻人，到两三点的时候，他们也熬不住了，都蜷在沙发上睡着了。

三

天刚有点儿蒙蒙亮，春生就醒了，他没惊动大家，悄悄地起身，打开门出去了。

雨还在下，院子里已经积了半尺深的水，多亏屋阶高。农村建房子，修屋阶还是有道理的，屋阶高了，就算是下大雨，雨水浸了院子，也不会漫进屋里，这是农村人的生活经验。

见雨仍在下着，春生又返回来，在屋角取了一把伞，他取伞的时候，声响大了点儿，大伙也就醒了，一个一个都从沙发上起来了，见他出去，便要跟着一块儿出去。于是吴灼和孙南合用一把伞，其他人也合用雨伞，一前一后地都出门了。

春生想去的地方是河边。每次下大雨的时候，村里人都要到河边去看水，通过看水，可以知道这一夜雨下得有多大，河水涨了多少，村里人对雨量的衡量便是以河床水位的高度变化为参照，雨小了，水位就低，雨大了，水位就高。有几年雨下得特别大的时候，将河面上的桥都冲走了。起先是木桥，后来觉得木桥离河面近，太低了，就修成悬在空中的吊桥，铺的木板，但是有几次，水一样漫过桥面，看得人心惊肉跳。要知道，桥的高度，已经是居民区的高度了，水上了桥面，就意味着随时都可能冲进老百姓的家里。这样的河水就很恐怖，洪水来时，无人可阻，无人可挡，它会席卷村落和良田，庄稼、人畜，都会因此而受损。

因此，在这个雨夜之后，春生首先想去看的便是柳河。柳河之所以叫柳河，就是因为河边生长着许多原生的柳树，这些柳树多是河柳，依河而生，很坚韧，很顽强。每年夏天河里涨水，水落下之后，它们挂上一身的其他树木的树枝和木棍，但仍是安然无恙，河水可能会将它们的枝条压得东倒西歪，但是却很少能将它们连根拔起。雨水过后，天渐放晴，它们又伸展活泼轻柔的枝条，随风灵活地摇摆，这也是郝家庄人喜欢它们的原因。它们也许没有城里的垂柳好看，但是它们却永远生机勃勃，风吹不动，雪压不弯，任狂风暴雨也不能将它折断。

可今天的河水，却不似往日，它像一头咆哮的狮子，一路吼着向前流去，平日里清冽的河水，此时全成了满河的泥浆。河边的几块玉米地被冲了，玉米秆和玉米棒子一顺儿地伏在泥浆里，还有几截道路已经被冲断，净是裸露的石头和陷下去的水坑。临近的几户人家家里也灌了水，那些人正拿着盆和灰斗往外盛，个个忙忙乎乎，人影散乱，有的跑进，有的跑出。春生就赶紧问："哎哟，水进家里了，这么严重，人都没事吧？"有人便答他："人没事，见水进屋了，人都赶快撤了，没敢在家里待，早上才回来的。回到家里，就这样了，家里都成淤泥滩了！"吴灼和春生的几个同学见状，也赶快参与到铲泥和排水的劳动中，不管咋说，先得将家里的泥水清理干净。这附近有十多户，都得靠大家帮忙。因为道路垮塌，后半夜也断电了，可以说，现在整个村庄都没有电了，要修路，也要重新架电。一场雨水，打乱了郝家庄平静安宁的生活，特别是这些遭遇水患的人家，家被水浸了，家具被水泡了，所有的东西都被弄得凌乱不堪，好在晚上村干部负责任，组织他们撤离得早，人员没有什么伤亡，可眼前的毁损，又让人心痛不已，毕竟都是过日子的人，屋里的物件，都是一点儿一点儿积累起来的。

村里人见临河边的人家屋里灌水了，也都来帮忙搬东西，能搬走的搬走，不能搬走的，尽量清理，以减少物品的损失。正在大家忙成一团的时候，村里的第一书记叫来了电工，为大家抢修电路，以保证村里晚上能正常用电。

这一场雨水，春生家里因为地势高，只是院子里浸了水，因为屋阶高，屋里没受到什么影响，但河边的村民就不同了，很多家的房屋都不同程度地被雨水损坏。河面上的桥也被水冲塌了，剩下半截子桥桩满身伤痕地歪在那里，河那边的人，过不来了，河这边的人，也过不去了，一条河，再次隔断了两岸。在这样的情况下，就算有爱心人士想来救援也无法过河，修电的人，还是书记带着从山边走小路绕过来的。

没过多长时间，河对面就聚集了好多人。得知郝家庄遭遇水灾，县上镇上的领导也来了，可是，站在河对面不能过来。现在，当务之急是在河面上架一座临时的桥，要不然，从山上绕小路运送东西，又危险，又不方便，于是交通局便来人了，带着钢管和木板，准备架桥。边上站着的人，就加入了建桥的行列，钢管固定住后，便往上铺木板，一块一块地用铁丝捆牢，一直到中午时分，桥总算修好了，人可以通行了。这时，也有好多爱心人士给送来了方便面、面包、牛奶和矿泉水，村里也有好多的村民招呼大家去家里吃午饭，有的去了，没去的，就吃这些方便食品临时对付一下。春生一看，这样不行，就让吴灼和孙南回去告诉春生父母在家里给煮面，煮好了用桶装来，一个桶装面条，一个桶装臊子，这样大家也能吃点儿热乎的，舒服可口一些。吴灼和孙南回去帮春生的父母了，春生和几个男同学，仍旧在受灾严重的村民家门前清理淤泥。

饭后，吴灼就在想，能不能发动社会爱心人士捐款？这建桥需要钱，修路需要钱，安置村民的临时生活也需要钱，如果能得到社会上的帮助，那么灾后重建也会变得容易一些。于是，她将郝家庄受灾的视频发到了微信朋友圈，呼吁社会各界人士支持。很快，她的同学就开始响应了，大家纷纷在同学群里捐款，由班长一一代收着，一会儿，便集了两万多元，她的微信好友中，也有一些人转来了钱，有的三百，有的五百，金额不等，但都是关切和心意。到傍晚时分，已经集下了五万多元。她将这个好消息告诉春生，春生说："做得好，吴灼，你还行，有爱心哟，还以为你在大城市生活习惯了，根本就不会懂得我们这些普通人的灾难和生活。原来，你还这么有爱心，也善于想办法，五万元钱，最起码给这些受灾的村民购置一些生活用品是够的了。"听春生这么说，吴灼也深感欣慰，不管在哪儿生活，是在繁华的大上海还是在眼前的这个郝家庄，吴灼永远还是原来的吴灼，不会因为自己走远了，就丢掉了最起码的同情心。

晚上，吴灼给爸爸妈妈打了电话，将自己给郝家庄帮忙捐赠的事说了。父母都说女儿做得好，真正长大了。他们说："既然这是我们的女儿发动的，又是外婆家的村庄遭难，那么，我们也捐吧，我跟你妈妈每人捐一千元，算是对郝家庄的村民也尽一份自己的心意，我们现在就给你转过来啊！"说罢，马上就用微信转了两千元过来了，见父母这么慷慨，吴灼心里一阵热流涌出。

父母不仅仅是对自己舍得，在任何需要他们支持的地方，他们都是舍得的。

在吴灼发动网上捐款的同时，红十字会、慈善协会也纷纷送来了钱和物资，还有其他的一些单位和个人，如民营企业家，纷纷伸出爱心之手，支援郝家庄的人们渡过眼前的危机。

这一晚，河边的人家都没有在自己的家里住，都住到了村里安全一些的村民家里，春生也叫了一户人家住自己家。他将自己的房子和客房腾出来，自己和同学睡客厅，吴灼和孙南睡沙发。好在白天电已经修好，虽然人心仍是不安，但村庄却也灯火通明，这些明亮的灯光，带给人一些心理上的安慰。

第二天一早，吴灼的父亲和母亲就开着车来了，车不能过河，就停在河对面。他们给女儿打电话，说是给带来了一些生活物资，让吴灼和春生去帮忙拿一下，一伙年轻人又急急忙忙地去河对面搬东西。

接到吴灼的电话，她的母亲躺在床上辗转反侧，一夜无眠，郝家庄毕竟是自己的娘家。吴灼的父亲说："你也别太担心，女儿不是说了嘛，没有人员伤亡，你先安心地睡吧，若是不放心，明天咱们回外婆家去看看。"听丈夫如此说，她心稍宽，忙说："那就明天，明天一早，咱们就回去一趟啊！"在天快亮的时候，她闭了一会儿眼睛。

早上起来，吴灼的父亲又买了十箱方便面，一些面包和牛奶，装上车，就一路向着郝家庄开去。

看到好好的娘家几天的时间就变成了这个样子，吴灼的母亲忍不住伤心和难过。都说洪水无情，的确如此，好好的村庄，一夜之间，便成如此惨象，真是让人惨不忍睹。这个村庄，也曾发生过几次水灾，以前最严重的时候，也就是毁了河边的庄稼，还从来没有过将这么坚实的水泥桥都给冲毁了的情况，也没有水灌进人家的情况。而且眼前还是半腿深的淤泥。她一边四处打望，一边暗自神伤。见母亲这样，吴灼又宽慰母亲说："妈，不要紧的，大家都在给这儿捐款，政府也会支持这儿的灾后重建。你来看了，也不要太着急，洪水无情人有情，自然灾害，也是没有办法的，它不以我们的意志为转移，不是说我们希望它不发生，它就会不发生的，只要我们齐心协力，灾难一定会过去的，等过年的时候，这儿的一切，肯定又都会恢复得好好的。"听了女儿的话，母亲握紧了女儿的手。

外婆听说女儿和女婿又回来了，还带了一车的东西，就又赶忙过来。

看到从车上卸下来的一大堆东西，外婆说：“谢谢你们了啊，我替乡亲们谢谢你们了啊，你们能帮老家的人分忧解难，我心里也宽慰了很多，这个村庄从来没有发生过这样的事情，这一次水灾这么厉害，几家人的房子都冲坏了，幸亏人都转移得及时，没有伤亡，这是不幸中的万幸！”大舅也上来，紧紧地握住了父亲的手，村里的干部也来了，跟父亲和母亲一一握了手，感谢他们对家乡人民的支持和关怀。

父亲和母亲来了就一直帮忙修路，清理淤泥，一刻不闲地忙活着，两个人一直忙到下午，看着天快黑了，便对吴灼说：“你也快要开学了，跟我们一起回去吧，回去收拾收拾，做点儿准备，过几天，也要去上海了，这边有啥事了，让春生及时告诉你。现在网络方便，可以随时随地地沟通和视频。”吴灼想了想觉得也是，今年又要去读研究生，一切又都将是全新的，新的老师，新的同学，耽误了开学时间也不太好，便去收拾东西准备和父母一起回西安。

走时，吴灼对春生嘱咐了又嘱咐：“回头有啥事了及时告诉我啊，我能帮忙的一定尽力帮忙，我虽然不在这里，但也永远是喝郝家庄的水长大的孩子！”一伙年轻人和村民将他们送上车，看着他们的车辆远去，车走了好远，吴灼还在向他们挥手。

四

这个夏天下了太多的雨，不仅是郝家庄，很多地方都下了雨，而且很多地方都发生了洪涝灾害。这是一个多雨的夏天，也是一个近乎疯狂的夏天，天就像是漏了似的，总也下个不停，不是这里下暴雨，就是那里下暴雨，有的地方一下就是一天，有的地方接连下好几天，白天能稍好点儿，人容易防备，最糟糕的是晚上，暴雨的程度无法预测，也无法丈量。一个夏天，感觉似乎没晴几天，因为各地不时都在传来水灾的消息，而我们便是揣着这样的惊恐与不安，一天天度过的，转眼日子到了秋天。

吴灼已经去上海读研究生了，郝家庄的灾后重建在日夜不停地进行着，春生时不时地与吴灼视频通话，看到郝家庄一天一天地恢复到原来的样貌，吴灼焦虑的心总算平复下来了。

马上要中秋了，吴灼对春生说，让他和孙南组织一场中秋晚会，以庆祝郝家庄抗灾救灾取得的胜利。春生听从了吴灼的建议，叫来了一些他电子科技大学的同学，为郝家庄的村民们进行了一场义演。同学们都很踊跃，有的唱歌，有的跳舞，有的吹箫，有的吹葫芦丝，有的演小品，有的说单口相声，晚会精彩纷呈，好不热闹，这是郝家庄有史以来的第一场晚会，也是在乡村振兴中，吹进郝家庄的第一缕文化之风，村民们在这样欢天喜地乐淘淘的气氛中迎来了中秋月圆。

此时，吴灼正坐在窗前托腮远望：月是故乡明，母亲的电话便打进来了，问吴灼中秋怎么过。吴灼说："同学们会在一起聚餐，吃月饼，但是，我还是会想家，想亲爱的爸爸妈妈，想外婆，想郝家庄。"母亲说："我们也很想你！"母亲说完，父亲接过电话，送上了对女儿的节日祝福："不管你在哪里，我们都会想念你，家是你永远的港湾，你的健康和快乐，永远都是我们最大的幸福！"

挂了电话，吴灼拆开外婆寄来的月饼，吃了起来，夜变得踏实而安逸。

（原文刊载于 2022 年《攀枝花文学》刊第 2 期）

倾听黄河

我是自沙坡头走近黄河的。当黄河就像母亲敞开怀抱出现在我面前的时候，我不禁失声惊叫起来：“黄河，黄河，是黄河吗？”我反复地向同车的人确认着。同车的人说：“是黄河，正是你一路心心念念的黄河呢！”我连忙喊：“停车！”

其实同车的人想去的地方是66号公路，而我的兴趣却在黄河。

车在路边停了下来。这一刻，我离黄河是如此之近。

这么多年，在很多地方经过黄河，但每次都是远远地遥望着黄河，这让我总是禁不住望河兴叹。每次我也会着急，渴望自己亲近一下黄河，可是同行的人总是劝解安慰我说，这儿离黄河远着呢，能看得见，但是，却隔着很远的行程。不论是坐火车、坐高铁，甚至是坐在采风的车上，因为不是提前安排好的行走路线，我便只能在车上站起身趴着窗玻璃远远地望一望，只能是望一望。有时，路过的黄河段较长，有时，也就一刹那间，黄河就被迅速地抛在了我的身后，和我背向而去，我只能眼望远方发出一声长长的叹息。

今天，黄河就在这儿，距我不过一二十米，我走下车，三两分钟就走到了岸边。这一刻的黄河离我有多近，这一刻的黄河在我面前有多真实，真实到我转瞬间就能撩起它泥黄色的水花。

我站在岸边，并没有急着俯下身子去戏水，我上望望，下望望，这一块儿是离黄河最近的路段，河岸跟普通的河流没有什么两样，杂草丛生，有着几块大小不一的方的或圆的石头，亦有着水流哗哗作响。黄河边上多是泥滩，石头较少，因此，这几块石头便显得格外显眼和突兀。黄河水一如它的名字，黄黄的，浑浊的，好像永远有鱼龙在里面搅动着，翻滚着，让奔涌不息的河水一直这么浑黄浩荡地流着，一年又一年，从大禹治水，或者更早的时候，流到现在。黄河是中国北部最大的河流，长约 5464 公里，世界第五大长河，中国的第二大长河，自西向东最后注入渤海。它在流动的过程中产生了大量的冲积沙，又因为流速快，水流就一直呈现着黄黄的浑浊色，就包括“黄河”这个名字也打上了它黄色的烙印。

奇怪的是，黄河水在这里变得特别安静，它既没有咆哮，也没有波涛滚滚，只是浑浊地向前流动。河道不足一百米，黄河流到这里，水域变窄，水流集中，它就像是一个调皮淘气的孩子回到了母亲的怀抱，静静的，乖乖的，温顺的，突然收起它的烈性和暴躁，收起它的不羁和狂野，犹如玩累了一般躺到母亲的怀里。我曾听到过这样一句话：“天下黄河富宁夏。”此话不假，宁夏原本土地比较贫瘠，而黄河却厚待了他们，给予了他们母亲般的慈爱和呵护，那些土地，被黄河浇灌和滋养，成了肥沃的宁夏平原。在这里，既长大豆，也长玉米，还有土豆和番薯，这些庄稼都长得郁郁葱葱、绿意盈盈，这让我不禁为宁夏人喜悦。

在书典的记载中，宁夏多荒凉，山上都没有树，光秃秃的，少许的草也只有夏天才有，一到冬天，到处都是荒山、光坡，张贤亮的小说《灵与肉》里展现的宁夏，便是这个样子，满目空旷，遍地苍凉。好在这些马和羊都挺顽强，在这样贫瘠的土地上也能长得健壮肥硕，每一个地方的动物和植物都有适应的能力。宁夏的那些居民，他们依着贺兰山，依着黄河，也能将生活过得幸福。其实，就在此时，日头正劲的八月，这贺兰山上也少有草木，隔着黄河，看到的是一撮一撮零零星星的杂草，它们就像是北方的花生地，而且是没有种好的花生，东一窝，西一窝，杂乱无章，也不规律，就那样胡乱任性地生长着，装点着古老而悠远的贺兰山。

我在河岸边弯腰蹲了下来，用手轻轻地掬起一捧黄河水，我以为会是满手泥浆，其实，将水捧起来才发现，它也是透明的，只是略显浑黄。看着这浑浊的黄色，我才明白，其实是因为水流全都汇聚在一起，才让河水的颜色变得更黄更浑浊。如果缺水的情况下，将这种水放在水桶里沉淀一下，也是可以饮用的。在故乡的村庄，每年夏天连阴雨的天气，我们也常常会吃到这样的水。

黄河岸边的船夫和居民就是靠着这条河水，从游牧时代走向农耕文明，又从农耕文明走向现代文明的。蹲在黄河边，我的眼前浮现起了那些渡口，一些来来往往的船只，以及常年四季在黄河边拉纤的纤夫。那一个个光着膀子的汉子，红汗淌，黑汗流，口里喊着："哎嗨嗨！背起纤绳使劲地拉呀，哎嗨！背起纤绳使劲拉，顺着黄河往前行呀，哎嗨！顺着黄河往前行，不怕那烈日和暴雨啊，哎嗨！不怕烈日和暴雨，不怕大雪和寒风呀，哎嗨！不怕大雪和寒风！"在他们的声声吆喝中，岁月便走过了四季，历史也从尧舜禹走到了今天。

在宁夏，我不知道是因为贺兰山的原因，才让黄河变得这么温顺的呢，还是其他的原因。这里的黄河温顺得让我觉得有些不可思议。我所了解的黄河和我知道的黄河，都是咆哮如虎、雷霆万钧的性格，尤其是在壶口瀑布那儿，更是怒吼如雄狮，冲天而下，一跃千里。可是，在这里，黄河温顺得就像是乖巧的小绵羊，同我家乡雨后的河流并无二致，甚至还要更安详平静，它波平如泥黄色的毛毯，水花不兴，缓缓流淌，并不湍急。因此，我便惊讶于那些水患因何而起，是夏日连绵的雨季，还是因为天公发怒而生起的祸端？此时，眼前又浮现起大禹治水的情形，三过家门而不入，还有黄河沿岸无数的难民仓惶逃难的情形。我读过小说《黄河东流去》，记得是李凖写的，黄河泛滥，让无数的难民流离失所，他们扶老携幼，奔走呼号的情形时时浮现在我的眼前，让我觉得，黄河总是汹涌的、任性的、狂野的、不羁的，它就像是一匹野马，难以约束。历朝历代，黄河治理，都是朝廷和地方官员头痛而累心的事情。每一次的水患，都会导致土地沙化，大量的泥沙灌进农田，致使土地无法耕种，只能抛荒，百姓流离失所，沦落他乡，而这又常常是黄河沿岸人民无可奈何的事情。

好在，一方水土养一方人。作为一个外来客，站在这片土地上，眼前看到的除了裸露的贺兰山，便是裸露的黄土地，那些并不茂盛的草儿，也显得无精打采，东一撮，西一撮，零零落落，像是被遍地的牛羊给啃食了似的。可是，就是这样苍凉贫瘠的土地，却孕育了一个倔强的民族，西夏国自此崛起，他们放牧、耕种，虽然这个国家只有一百九十年的历史，但是它却先后与两宋、金、辽形成鼎立之势，不容小觑。看着这光秃秃的贺兰山，我又不由自主地想起了岳飞以及他那气贯长虹的《满江红》：“靖康耻，犹未雪。臣子恨，何时灭。驾长车，踏破贺兰山缺。壮志饥餐胡虏肉，笑谈渴饮匈奴血。待从头、收拾旧山河，朝天阙。”这首词中的“胡虏”说的是金人。金灭亡北宋，酿成“靖康之耻”，宋徽宗、宋钦宗二帝被金人掳走，成为大宋历史上最大的耻辱。在这首词里，岳飞表达了对金人的无比仇恨和誓与金人血战到底的勇气和决心，但一代名将，最后竟血染风波亭。

黄河就这样日复一日，年复一年地流着，听得见悲喜，听得见厮杀，听得见马蹄声声，看得见金戈铁马。但是它只是默默地见证着，它把所有的一切，都收进了浑黄的河水里。我默默地思索着：河水会老吗？答案是肯定的。它就像是一个时光老人，用它的默默无语和奔流不息见证着人间的世事变迁与悲欢岁月，而时代就如这滚滚向前的黄河水，总是一波推着一波，一浪盖过一浪，一直向前，永不止息。正是因为流动，河水不腐，正是因为流动，河水才有了长久的生命力。

在这个初秋的正午，我如愿以偿地坐在了黄河边上，倾听着奔流向前的黄河水，波动在脑际的竟然全都是时光深处的回响。

（原文刊载于 2021 年《牡丹》杂志第 9 期）

淮安，淮安！

来到淮安，是在阳春三月。人说烟花三月下扬州，我却是在烟花三月来到了淮安。

在南京待了数月，想去淮安走走，一直是我的一个心愿，因为淮安府，因为大运河，因为河下古镇，还因为吴承恩、刘鹗等文人才子，甚至还有蒙冤受难的窦娥。反正淮安在我眼里就是一个充满故事和传奇的地方，让人回味，让人遐思联翩。当然，那里还养育了一代伟人，我们敬爱的周恩来总理。这许许多多的人和事，都让我渴望着去淮安走一遭。

南京的梅花开了，天气也转暖了，我终于下定决心奔赴淮安，想必此时的淮安也应该是花红柳绿草长莺飞了吧。

选了一个周末，自南京出发，奔淮安而去。抵达淮安的时候，正是中午，令我意外的是，淮安并不古老，也并不陈旧，而是充满了现代化的时尚。一座座造型别致而高大的楼宇，一条条宽阔的街道，在淮安这片土地上铺陈开来。街道上，尽管车来车往，却并不拥挤，这是我所没有料到的。原以为，淮安会老老的、旧旧的，像是一个上了年纪历经风霜、陷入岁月深处的老人，却没有想到淮安会这样朝气蓬勃，我不得不以全新的眼光和思维重新打量这座城市。

是啊，时代在前进，淮安也一定在与时俱进，它不可能老是我在电影或电视里看到的淮安，也不会总是我在书典中读到的淮安，它在时代潮流中在快速地前进，这是时代的必然，也是历史的必然。

用过午餐，为了不耽误时间，我快速地规划行走路线。第一站，当然是好奇已久的淮安府了。那是一个府衙，也是一个盛载传说和故事的地方。淮安府坐落在老城，仍沿用旧时的名字“淮安府署”。在淮安府署门前，我下意识地站住了，隔着一丈远的距离打量着，门前依旧蹲着两个灰白色的石狮子，威武而庄严，青砖的门楼、木头的廊柱，透着时光的沧桑，“淮安府署”牌匾后面有个小的竖匾，上书两个小字“仪门”。这是明清建筑的标志，在明清建筑中，官署、邸宅大门内的第二重正门就叫“仪门”，这种造型的建筑，也体现着一种尊贵与庄重。要说我最初听闻的“淮安府”，其实是一出京剧，名叫《淮安府》，讲述的是淮安府衙破获一个淫贼盗印的案件，该案件在民间广为流传。在那时，信息的传递，多半是通过曲艺、民间的口口相传，或者是书籍，后来，有了电影、电视，将一些口口相传和书典上的东西搬上了银幕，从而让故事中的物与事具体化、形象化了。今天，站在淮安府署门口，似乎又听到了衙役们一声一声地喊着：“威武！威武！”那些刚劲而悠长的声音在淮安府署里回荡，让一个府衙充满了肃穆和威严，这是一个公堂，一个代表着正义和公义的地方，一个代表国家威严和法纪的地方，亦代表着律法的庄严和神圣不可侵犯。

淮安府署很大，房子分两边而建，建筑面积达五百平方米，大堂体量为国内之最。衙内有房屋五十余幢、六百余间，分东、中、西三路，中路有大堂、二堂，以及六科（吏、户、礼、兵、刑、工），分置两侧，左文右武，东路为迎宾游宴之所，西路为军捕厅。在府治后，是宋楚州守臣孙虎臣题写的“筹边堂”，藤花厅后为厨房，厨房工为“四桂堂”，当为馔堂。府署内后部，有一雅园，原名“偷乐园”，为明代淮安知府张敦仁所取，天启年间，后任知府宋祖舜觉得“偷”字不好，遂改为“余乐园”。淮安府署规模相当宏大，公堂与官宅合于一体，主次分明，布局严谨，是目前国内留存最完好、最宏大的府衙。

说起《窦娥冤》，估计很多人都知道，窦娥含冤而死，六月天降飞雪，天公为窦娥证了清白。关汉卿就是根据淮安府的题材写就的这部戏剧，塑造了一个千古奇冤的女性形象，使她的遭遇成了天下一桩奇案。还有曾经火极一时的电视剧《天下粮仓》也是取材于淮安府。当然，与淮安府署息息相关的，还有大运河，漕运总督就在淮安府近旁，与镇淮楼形成三足鼎立之势。据说，镇淮楼就是专门为保护淮安这一方土地而建造的，楼上置有一把刀，专为辟邪镇怪，此楼的存在，让淮安这个地方蒙上了一层神秘的色彩。如今，这个地方却成了一个百姓的聚闲地。镇淮楼分上、下两层，底基大，顶楼小，巍然而立，造型优美，敦厚坚实。此楼原为瞭望楼，清代时为镇压淮河水患，始名“镇淮楼”。楼下熙熙攘攘，有卖药材的，有售古玩的，还有杂耍的，各找各的乐子，各凑各的热闹。人们爱来这个地方，一者因为其开阔，二者也是因为这里能让人心神安定。

南方水多，逢到夏季难免水患，洪涝灾害常常令百姓官家皆忧心不已，在遇灾的时候，人们就将希望寄托在神灵身上，因而便有了这样一座镇淮楼，意在镇住水妖，让这一方土地安然无恙，永葆平安。这座楼就在淮安府署旁边，其意自明，希望官民同安，在自然科学不发达的时代，人们所有的平安和幸福只有靠天护佑。

水上航运，自然也是一样，都是靠天吃饭，无灾无难时，一帆风顺。若有个大风大浪的，人货都有危险，轻则折财，重则损命。但在当时，水运又是最快捷、最便利的运输方式，它代替了车马，既能载人，又能装货，船借水力，水借风力，行驶起来是一件很轻松的事，在无恶风恶浪的天气里，确实是顺风顺水的航行，予江南人民以水利之便。但在天气不好的时候，或者是浊浪滔天的时刻，就得祈求神灵的护佑，让人船皆安。

说到运河文化，它是南方文化的一个符号。南方的水运发达、商业兴隆，从某种程度上来说，是要归功于大运河的，虽然大运河在建造之初耗费了大量的人力和财力，民怨沸腾。开凿大运河的目的，众说不一，有人说是为了中央集权，有人说是为了搜罗美女。大运河的成功开凿在中国交通运输史上具有划时代的意义和里程碑的作用，在此之后的唐、宋、元、明、清，皆享用着它的便利。

悠长的大运河，贯穿着中国几千年的历史，从南方一直通往北方。在此中，我仿佛看到了南来北往的船只，看到了百舸争流的盛景，浩浩荡荡的运河水载着一波一波的人，从一个朝代到另一个朝代，从大唐盛世一直走到了今天，变换了的是朝代和服饰，不变的是黄皮肤和奋勇向前的韧劲，他们向我微笑着，友好地打着招呼，我对他们又陌生，又熟悉，陌生的是我初次到来，熟悉的是似曾相识。

在对大运河的回望中，我来到了河下古镇。这里有一条两米多宽的古老的街道，房子都不高，矮矮的两层，灰色的砖、灰色的檐，沧桑而老旧，个个门前挂两个红色的椭圆形的小灯笼，只有这灯是鲜亮的，像是人的眼睛，令黄昏中的河下古镇熠熠生辉。镇上零零星星地开着一些店铺，有卖小吃的，有卖古玩的，还有书画室，有租户，也有当地的住户，似乎在做着生意，又似乎没将生意当成一回事。当然，到这儿来的多是游客，很少有刻意来这里购物的，所以店家也就顺其自然，门开着，该干吗干吗，有人来了做生意，没人来忙自己的事情。别看这样一条两余米宽幽长的老街，它可是出了很多历史知名人物的。据说，光明清两代这里就出过六十七名进士，一百二十三名举人，十二名翰林，被誉为“进士之乡”，这里还出过状元、榜眼和探花，可以说是三甲齐全，状元府和魁星楼在时光中依然威武。写《西游记》的吴承恩就出生于此，抗金女英雄梁红玉在其旁边，还有一个康熙皇帝玄烨赐名的“闻思寺”，据说是康熙四十四年（1705）他下江南巡视，途经淮安府河下镇时赐予的，寺庙至今依然保存完好。

在河下古镇的尽头，便是当年的运河，河流虽然宽阔，却河沙淤塞，水流清浅，已经没有船只，只是当年的码头还在，立着一个牌子“京杭大运河（江苏段）河下古镇”。大运河的辉煌与兴盛已经在岁月的风尘中远去，如今，人们只能从这个旧址中遥望过去，想象着那时的舟船簇拥，繁华盛景，或许在这些船上有赶船的汉子，还有唱曲的女子，碧波荡漾，弦声悠悠，也有文人才子吟诗诵赋，指点江山，激扬文字。这个地方能够出这么多的俊杰，估计跟这一河水是分不开的，这条曾经开阔而充盈的运河给予了学子们智慧和灵性，河下古镇因这些俊杰而不同凡响，而这些俊杰又让河下古镇声名远扬。

听说刘鹗的故乡离这个地方不远，我自然是要去看看的。刘鹗的旧居是一个小院，茂林修竹，有专人看护，房子虽老，但保存完好，时不时也会有一些人来。来看刘鹗的人，多半是因为他的那本《老残游记》。要说刘鹗，一生经历也很是坎坷，行过医，开过烟草店，办过书店，治过河，修过路，兴办实业，可谓辗转流离，四处奔波，写《老残游记》本是帮朋友，道出的却是自己的苦情人生和乱世际遇。在故居的对面，有一个勺湖，据说是刘鹗常去的地方。为何叫“勺湖”呢？因为这个湖的形状就像一把舀汤的大勺子，故而得名。湖很大，一座虹桥，让湖水分隔，湖光天色，花木相映，成自然之趣，或许，刘鹗在得意或者是失意的时候，都会在这个园子里走走。刘鹗一生，富于理想，却屡屡失意，最后被流放新疆，因饥而逝，想想，也真是挺惨的，在乱世之中，愈是忧国忧民，愈是身心俱痛。

而另一个淮安人周恩来，却与刘鹗截然不同。周恩来生逢乱世，但是却找到了救国救民的良方，虽然革命的道路艰难曲折，但是因为全体共产党人的同心同力，同心同德，最终取得了革命的成功，实现了自己的政治理想和抱负。周恩来在幼年时，就喊出了“为中华之崛起而读书”，他的一生，是这么追求的，也是这么践行的。

当然，来了淮安，周恩来故居和纪念馆肯定是要去看一看的，一者去瞻仰一下伟人，二者也确实想用心去走近一下周恩来的生活和心灵世界。在中国历史的长河中，最令我打心眼儿里佩服和爱戴的人，当数周恩来。他一生无子，祖国和人民就是他的家和亲人，他爱民如子，他爱国如命。

悠远的淮安，也因为周恩来的光辉形象而更加高大，好像这里有一个人正脚踏大地头顶青天托起这片蔚蓝色的天空，这个地方也因此而变得慈祥而温暖。我坐在纪念馆对面的木椅上，并不急着离开，只是想这么静静地坐着，让心灵徜徉在周恩来的世界，感受这片不平凡的土地和一个伟人的永恒魅力。

我眼前看到的，都是从历史中读来的，而奋进中的淮安，其中还包藏着多少人、多少事为我所不知？眼前的淮安，既不是我想象中的淮安，也不会是一成不变的淮安，但历史永远坐落其间，见证着一座城市的古老过去和无法期许的未来，而对于淮安人民，除了回望，更多的是展望，期待他们能让这座城市更加厚重、生动、蓬勃和丰满。

古今多少风流客，皆在淮安烟尘中。历史是一面镜子，总能照见岁月中最智慧的容颜和最令人深省的人与事，或光照千秋，或启人心智，或甄别善恶，或令人反思。

未来永远在先人的文明中一路奋进……

（原文刊载于2019年《西南文学》第3期）

腾格里的夜

当晚霞在西边的天空中泛起艳红的时候，我们来到了腾格里。腾格里，在蒙古语中是“长生天”的意思，寓意茫茫流沙，无边无际。蒙古族以“苍天”为永恒最高神，腾格里以它的浩瀚与苍茫被称为“长生天”。“长生天”象征着一种比较纯的自然力，主宰着万物的生息，所以蒙古族爱护草原，保护草原，与草原上的动物和谐相处。狼是蒙古族的图腾崇拜，仿佛狼的存在也是长生天的安排。这源于蒙古族人对于大自然的敬畏，它代表着一种和谐，人与自然和谐共生的状态。

一脚踏进沙漠，心便变得纯净，大自然的神奇，让人不得不震撼，放眼望去，四处都是起起伏伏细密的沙，没有树，没有草，没有杂物，那些沙纯净得犹如筛子筛过一样，不染一丝杂尘。落日的余晖照在这些泥黄色的沙粒上，有着一种暖暖的被烧熟了的感觉。暖黄色的土地，是那么广袤无垠，在我的眼前，如一幅巨大的布匹铺开，那些沙丘像是被风吹起来的泥黄色的布浪，颜色干净而又整齐划一，干净得让人觉得自然的神圣，人间的无尘，天地的永恒。

我们宿营的地方在沙漠中间，我们是被一辆越野车拉进沙漠中心的。即便是越野车，跑在沙漠上显然也是有阻力的，它不似平路上那样顺滑和平稳，而是起起伏伏地颠簸着。而能够在这沙漠上行驶的现代化交通工具，只有越野车和机动摩托。在这浩瀚的沙漠上，我们一辆车，我们一群人，何其微小，在这沙漠上，微乎其微成一个小黑点。

车子在一个有湖泊的地方停下，而这个地方就是沙漠中的绿洲，有666.67平方米见方，四周分布着一些水草，而宿营的蒙古包和帐篷在旁边。当然，在这里还有现代化的房车。房车和蒙古包都住满了，我们只能选择帐篷，那是一种里面能放两张床的大帐篷，床似榻榻米，帐篷内外都是白灿灿的，白的帐篷，白的被罩，白的被单，一切都白得那么干净，白得那么纯粹，犹如一朵朵盛开在沙漠中的雪莲，高贵而圣洁，雪白而耀眼。我们放下行李，在帐篷里只待了片刻，就迫不急待地跑出来，想趁着夕阳西下，欣赏沙漠最后的余光。

光线已经很暗淡了，只有沙梁上的那一缕缕暗红，四散的人在远处看来，都成了一个个晃动的小黑点，近处的沙梁上，依然有人在滑沙。于是，我的心也痒痒了，便叫了同行的几个孩子一起去了，我们拿了沙盘，顺着木索梯攀爬而上，到沙梁顶上，一字排开，脚一使劲，我们便如离弦的箭一般直冲而下，孩子们发出一声声的尖叫，顿时这夜空被孩子们稚嫩的声音刺破，公公听见后，也从帐篷中走了出来，看着孩子们，对我说："你们都小心点啊！"公公没有滑过沙，当然，以他八十五岁的高龄，我们也不敢让他滑沙，他见那么高的沙梁，自上而下飞速而来，心里总是惊讶着，并担心着我们的安全。其实在这沙里，我们怎么翻滚，怎么摔倒，也都不会有危险，这沙子就如流动着的水，松软而无力，任凭怎样，它都不会伤着我们，而我们却可以在它的怀抱里恣意地撒欢儿，释放出我这个女子和孩子们最无所顾忌的勇敢和激情。

我们就这么一上一下，一次又一次地滑，感受着沙漠的激情和奔放，一如在海上冲浪，又如在高速路上飙车，体味着速度的快感。本来，我是一个胆小的人，因为到目前为止，我依然没有学开车，在我看来，机械是难以驾驭的东西，我宁愿坐车，也不愿意受开车那一路操心的苦，当然，最主要的是我觉得我不会成为一个好司机，而放弃了学习这门技术。

天渐渐地黑了下来，只剩下满天的星光。在霓虹隐去的沙漠，星星变得格外明亮，在都市里，我已经忽略星星好久好久了，满街的灯火，让我已经忘记大自然中还有星星的存在。在这漆黑的沙漠中，突然抬头望天，却见繁星闪烁，那些星星璀璨夺目，头上的星空与脚下的沙漠组成了一幅诗意而浪漫的图景，白色的帐篷和蒙古包，泛着淡淡的白光，有人已经在帐篷里点起了马灯。在远处，是一个生活区，夜灯已经亮起来了，有人在敲打着架子鼓，有人在唱着歌，还有一些人在烧烤，他们烤着牛肉串、羊肉串，微风吹来，飘来香味。

帐篷里没有电源，无法充电，我只好到旁边生活区加入那些陌生的宿夜的人当中。这会儿，离入睡的时候还早，许多人都从帐篷里走出来，这里非常热闹，有吃小吃的，有看电视的，有躺在竹凉椅上玩手机的。我也凑在那里看了一会儿电视，演的是金庸先生的《射雕英雄传》。这个电视剧我完整地看过，但对于一些年轻人来说，此时此刻看这部电视剧，也还是余味无穷的。《射雕英雄传》里也有大漠孤烟，边关冷月，里面的华筝公主就是元太祖成吉思汗的女儿，她的四个哥哥分别是术赤、察合台、窝阔台、拖雷。当然，华筝公主是金庸笔下的小说人物，其实她的原型是火真别姬公主。这也是一个不幸的女子，她嫁的人本是姑姑的丈夫孛秃，姑姑死后，成吉思汗为了让这个能征善战的孛秃继续效忠自己，又将刚刚成年的火真别姬公主嫁给了孛秃，后来，孛秃在征服西夏的过程中战死，火真别姬公主年纪轻轻便守了寡。不管是在小说中，还是在现实生活中，她都是一个悲剧人物，一个政治战场中的牺牲品，让人不由得为其叹惋。

我对丈夫海说："咱们到外面去走走吧，外面虽然黑，但是有你，我也不会害怕。"海打笑说："这时想到我了！"我说："爱人永远都是出现在需要的地方嘛。"他瞥了我一眼，说我就是嘴甜。其实，他也是想出去走走的，只是故意想让我求他。经我这么一说，他便拉着我的手走出去了。穿着鞋子在沙漠里走路，沙子不时地就钻进了鞋子，一灌就满满一鞋壳子，给鞋子里撑得鼓鼓的，极不舒服，又显得笨拙，于是，我索性将鞋子脱了下来，拎在手上。我挽着他的胳膊，光着脚丫子踩着松软的沙子，在这黑夜里静静地踏沙，感受着沙的温柔和细腻。很多年没有感受这样的时刻了，没想到，在这里竟然又找回了恋爱时的感觉，两个人的世界，除了我们各自的呼吸，周围空无一物，他不会被外界干扰，我也不会被外界干扰，在这时，我觉得他就是最重要的人，而他也因为我在身边，让这个夜对他来说不再空虚和寂寞。

走着走着，来到了一个秋千架边，我们是在星光下隐隐约约看到的。那是两个用汽车轮胎做成的秋千，圆圆的大轮子，粗粗的麻绳，也有着跟沙漠一样的不加修饰和粗犷。海说："这两个秋千好像是专门为我们俩留着的。"我听他如此说，笑了："是啊，在这里，除了你我，没有人呀，可不是给你我留着的吗。"于是，他将我抱上了轮胎秋千，我抓紧绳子，他一用劲就将我推了起来，我便在这夜里轻轻地荡了起来，荡着荡着，突然想起了一首名叫《鲁冰花》的歌曲，便不由自主地唱了起来：天上的星星不说话，地上的娃娃想妈妈，夜夜想起妈妈的话，闪闪的泪光鲁冰花。儿时的秋千，让我想起了妈妈，这满天的星光，让我想起了再也回不去的时光和再也无法重温的亲情。我就这么唱着，他就扶着我的秋千绳子静静地听着，我让他也去荡秋千，他说不去，陪着我就好了。其实，真正的两情相守，必定是远离尘世喧嚣的，在繁华的俗世喧闹当中，任何纯粹的感情都会掺杂水分，甚至是大打折扣的。因为工作，因为生活，因为交际，本身相依为命的两个人，在彼此的生活中变得似乎不是那么重要，甚至是矛盾重重，这常常是让人寒心和痛心的，常常一段情走着走着就散了，走着走着就丢了，曾经的海誓山盟到最后都烟消云散了。

听到姑姐喊海，我便说：“是不是有事呀？我们往回走吧！”我们急忙赶回去，果然，是公公要上厕所。海说：“这厕所好远，有二里多路呢，你要不不要去了，小解就给你弄个瓶子解决吧！”公公不肯，还是要去厕所，并且说，这么美丽的沙漠，都应该做一个文明人。海说：“你年龄大了，小解后，我肯定给你收拾好的呀，放心，我们都是文明人！”而公公还是执意要去厕所。于是，我们三人便陪他一起往有厕所的地方去。沙漠中因为无隔无阻，厕所建得相当远，就是害怕异味弥漫在生活区。因此，在这里，上厕所也是在逛大沙漠，这里没有一个实体建筑物，只有厕所是实体建筑物，可以说，厕所也是这里一个独特的地标。公公如了厕，晚上一宗最大的事情算是解决了，在归来的路上，他显得很轻松，对我们说：“没想到，年轻的时候都没有来沙漠，这么大年龄了，竟然来到了大沙漠，而且还在沙漠里过了一夜。”当然，我们知道他说这话的意思，就是过一年少一年，这次沙漠之行也算是弥补了人生欠缺的许多的经历。我们安慰他说：“你身体这么好，还有很多外出的机会呢。”他说：“轮船坐过，飞机坐过，国内能去的地方差不多也都去了，国外，我这么大的年龄，也不想去了，你们以后替我看看就行了。”公公是一个达观开朗的人，对人生、对世事看得通透，也看得明白。婆婆过世时，他将自己的照片和婆婆的照片一起镶在了墓碑上，一般人都会计较，终究生死有别，但是他从不会在意，也不迷信，坚持这样做了。他是个时时活在当下，把每一天都过好的人，正如这几天，走到哪里，他都带着孩子般的喜悦，以非常平和的心态看世间百态和万千景象。

走回来后，公公说有些累了，让我们继续玩，他去睡觉。我们等他在帐篷中睡下后，便走了出来，拉上了帐篷的拉链。因为晚上，沙漠上有篝火晚会，那是很多人都期待的，很多人参加过草原的篝火、山寨的篝火，但是却少有人参加过沙漠上的篝火晚会。沙漠上的篝火晚会是什么样子，怎么个玩法？大家都觉得新鲜和好奇。当然，我也是一样，管理人员说篝火晚会九点开始，我们便热切地等待着这一刻，手机充电才充了一半，就听到有人在喇叭里喊：“篝火晚会马上开始，请大家往对面的高坡上走。”我拔了手机充电器，和海、姑姐一起向篝火晚会的地方走去。当然一起的，还有另外一些朋友，除了公公，大家都是年轻人，还有几个读书的孩子，这一路上，他们是最活跃的，走到哪里都有他们蹦蹦跳跳欢快的身影，一听说是篝火晚会，连连叫好，小胳膊小腿就开始动起来了。

篝火迅速被点燃，人群一下子像潮水一般围拢过来，在主持人的指导下，迅速地拉手结圈。此时，熟悉的和不熟悉的人都手挽起了手，拉成一个大圆圈，在音乐声中翩翩起舞，沙子很软，穿鞋不好跳，光脚最好玩，耳畔是强劲的音乐，眼前是明亮的篝火。夜，在这一刻被激情点燃，人越来越多，圈子越来越大，见大家劲头高涨，主持人便让善舞者出列，站到台子上去跳，有几个人便应邀而至，在摩托车上劲舞起来，人群中发出一阵喝彩声和尖叫声，叫声越大，他们跳得越欢，几个男的跳累了下去，马上有几个女舞者补了上来，女子衣袂飘飘，让这空寂的夜顿时变得更加炫目而迷离。我让姑姐也上去跳，姑姐说：“这都是年轻人玩的，不去了。”其实姑姐也是一个能将生活品出百般滋味的人，她是搞艺术的，很有艺术细胞，今晚，她一直在人群中跳着舞着。我本是内敛的人，在她的带动下，也胆气十足，同狂欢的人群一起享受着这沉沉的沙漠之夜。

晚会结束，已经十点半了，在都市里，夜生活估计才刚开始，但在沙漠，夜已经渐深，那一堆篝火已经燃尽。众人余兴未尽地散去，而我，还不想睡去，我们同行的人便在沙漠上坐了下来，看满天的星星。有人就说，看北斗星，顺着他所指的方向，果然，有一个勺状的星链，将几颗星星串起了一个勺子的形状，而这几颗星星也是天上最明亮、最耀眼的，它们一闪一闪地眨着眼睛，像是在调皮地逗引着我们。几个孩子显得格外兴奋，他们一颗一颗地数着，“哦，真是七个，我看见了”，“我也看见了”，几个小家伙像是发现了新大陆或者是宝藏似的激动。其实在这样的夜里，无疑也是给孩子们上了一堂很生动的天文知识课，让他们知道了什么是宇宙，什么是银河系，什么是北斗星，太阳是怎样围着地球转的，星星和月亮都有着怎样的运行规律，何为月缺月圆？而在霓虹闪烁的城市里，难得有这样的安逸和心静如水的时刻，也难得有这样的闲情和意趣，许多孩子放下书包就是手机，放下手机就是电视，放下电视就是电脑，他们一天到晚被网络包围着，很多孩子与大自然是隔离的，陌生的，而此刻的他们，又让我想起了少年时代的我，那个时时能与大自然亲密接触的我。

当帐篷里的鼾声此起彼伏的时候，我们回到各自的帐篷，经过一天的行旅和疲劳，很快就入睡了。那一夜，我几乎连梦都没有做，便到了黎明。我是被周围帐篷里的人说话声惊醒的，在帐篷里，每个人说话的声音和打鼾的声音都能听得清清楚楚，估计那几个人是起来上厕所的。我醒来后，感觉自己也想上厕所了，便叫醒了海，我们披上衣服，他陪着我走出了帐篷，此时的沙漠变得极为寒凉，我无法光脚行走，只得穿上鞋子，深一脚浅一脚地走着。启明星还在天空闪耀，月亮也还在天边悬挂着，一切都是那么的清冷和苍凉。沙漠的早晨是冷的，可这冷，永远挡不住那些饶有兴趣的人。从厕所回来，见有许多人往一个很高的沙梁上走，便询问，答曰，观日出。顿时，我的睡意也被驱赶，也不想再睡了，我也想去看看这腾格里的日出，看看这沙漠中的日出是什么样子，是怎样喷薄而出的，和海上的日出和高山上的日出有什么样的不同？

海说：“那给你拿上披风吧，早上冷。”我说：“好，你去拿吧，我在这儿等你。”我站在原地，一会儿，他便拿来，我们跟着一些人一起向东方的沙梁上走去。走到沙梁上，天已经有些亮了，这里已经有一些人了，有的坐着，有的站着，有的在拍晨光中的剪影，但都一样期待着。在天空逐渐变得明朗的时候，太阳缓缓地从地平线上升起，是那种犹如火焰一样诱人的红，起先是一道红色的弧线，接着是上弦月，再接着是半圆，它从远方的沙梁和沙湖中慢慢地一点儿一点儿地出来，像一个顽皮而又充满活力的少年，最后“噌”地一下跳到天空上，把东方映得艳红，犹如佛光普照，异样的美丽与祥和。沙漠上的日出，竟然是那样的沉静，它那胭脂红的颜色，是那样的柔和、温暖，与沙漠的颜色又是那样的接近，它就像是沙漠的孩子，从母亲的怀里诞生出来，完成了一个新生命的蜕变，从远方看去，它们是那么的和谐，互为依托。

没有拿手机，也没有拍下一张沙漠日出的照片，我感到遗憾。海说，网上多的是。确实如此，但却不是我看到和感受到的沙漠日出了。归来时，看到一根粗壮的枯木，上面有三个朱漆大字“腾格里”，在这辽阔的沙漠上，第一次见到腾格里的标志，竟然是以这种方式。它独立在这浩瀚的沙丘，以它的沧桑在叙说着腾格里的空旷与悠远，它是被时光侵蚀的，也是被风沙磨砺的，它已经没有生命，却也不肯倒下。这让我想起了胡杨，活着千年不死，死了千年不枯，枯了千年不朽，它代表的是否也是沙漠的精神？以一片沙海，横亘在天地之间，将大地覆盖，它是大自然的赠予，它也让众多的心灵朝拜。人心若干净如此，那是不是世间最美的童话！

回到帐篷，公公已起床，梳洗完毕。见时间还早，我便约上女伴儿一起去滑沙了。海说：“刚才没有照到日出，现在给你们照几张滑沙的照片吧。”我们滑沙，他给我们拍照，夜在日出中悄然褪去，此时，太阳已经泛出万道金光，腾格里新的一天如才出笼的蒸馍一样，又变得热气腾腾，新鲜诱人了。

而我们将在用完早餐之后离开腾格里。早餐是在沙湖的绿洲旁边吃的，油条、鸡蛋和稀饭，与外面的世界无二。稍顷之后，我们又将回到喧嚣的生活当中。

离开时，正有几只骆驼走来，见到我们，居然站在路中间停了下来。我们也赶快刹住了车，好奇地打量着它们，它们也平静而认真地打量着我们，像是同我们告别：就这么走了吗？是的，我们要离开了。终究，我们只是这里的过客，而这些骆驼，它们才是与这片沙漠真正共生共栖的主人。

（写于 2022 年宁夏之行）

遗落在尘世中的漆桥

漆桥是一条老街，隐藏在岁月深处的一条老街。它的得名，又源自一座古老的漆桥。

如果不是因为一场雨，我不会注意到漆桥老街。那一日，雨天，碰巧没带伞，不得不躲在公交站牌下等候滴滴车，蓦然发现了站牌上有一个叫“漆桥老街”的地方，当下勾起了我的好奇，立时心里就琢磨开了，漆桥老街？漆桥老街会是一个什么样的街呢？为什么会取这样的名字，它会跟漆或者是漆树有关吗？

上班的时候，我询问了单位的同事，同事说：“漆桥老街是当地一个古老的村落，有五百多年的历史了。”我说：“那我到南京高淳这么久，咋一直没有听说过？”他们说：“当地人都熟悉，也就见怪不怪了，觉得这不过就是一条老旧的街道，所以没对你讲。如果你想去，可以坐公交车去，106 路可以直达。”我说：“我看见楼下的公交车站牌上有这趟车呢，回头挑个好天气去吧！”

某个阳光晴好的午后，我对同事说：“今天天气挺好，我想去漆桥老街看看。”同事说：“去吧，今儿没啥事，你就去吧，趁着太阳好，可以悠闲地转转！”

我在高淳区文化馆楼下坐上了 106 路公交车，一路直达漆桥老街。老街镶嵌在现代化的建筑物中间，就像大地上的一汪湖水，或者是一颗遗落在深山里的明珠，它是另类的、别致的、被人忽略的，却又是与众不同的、抢眼的。没有向导，我却一眼就发现了车流穿梭中的漆桥老街，并沿着那条旁边侧出的马路走进了漆桥老街。

同我迎面而来的是一座高大的门楼，在古代，这可以说是一个军事防御工程，有城门，有城墙，有垛口，还有高高的翘檐的楼体。时光老旧，城墙呈灰褐色，泛出岁月斑驳的暗影，城墙上还有三个字“南陵关”，啥字体，我没能认出来，后问了几个写字的，他们也没能说出来。

走进城门，仿佛时光已跨越，我已从二十一世纪回到了明清时代。那古老的城门与斑驳的城墙，那砖石铺就的高低不平的老路，还有那耕地的妇人和挑着粪担的老农，一切都回归到了遥远的乡土之中，这里似乎依然过着质朴的农耕生活，种一畦小菜，经营一家小店，生活相当闲适和宁静。

听说漆桥老街上孔姓人居多，为孔子后裔，便又生了一层好奇。果不其然，第一个进入我眼帘的老店，便是孔家豆腐坊。这是一家手工豆腐坊，豆腐坊内几个大盆里正泡着圆鼓鼓的黄豆，盆面上堆出老高。男人在院内劈柴，女人正在屋里整理器物。男人说，他们每天都是早晨四点多钟起来磨豆子，等豆腐打出来，也就七八点了，恰好便是早市。我说：“那你们的豆腐一定卖得很好吧？”他们说：“是的，一般吃习惯了的人家，都爱买我们家的豆腐，说手工磨制的豆腐有豆子的香气，好吃。”这一点，我能理解，以前在娘家，母亲也会磨制豆腐，母亲做的豆腐就比市面上卖的豆腐要香得多，自家做的东西，实在，不掺假，吃着踏实、放心。现在母亲去了，再也吃不上这样可心可口的豆腐了。

漆桥老街是一条窄窄的街道，只有一米多宽，五百多米长。在当时，估计也没有车辆，仅供行人步行，三四个人并排的样子，顶多可以通一辆马车，路上清一色用石板铺就的路，有些凸凹不平，巷子两边都是低矮的店铺，老旧的砖房，雕花的门檐和窗檐，门檐和窗檐做工都很精致。

特别是每个门头上还有两个木头衬子，呈三角形，上面刻着不同图案的花纹，很精致，很美观，很漂亮，但又各个不同，有龙凤的，有花卉的，有兽纹的，雕工细腻。有的门外砌厚墙，外设门罩，内设门池和防盗撑门杠龛，面墙设对称砖砌风窗，有“眉高眼低”之说。

有卖青团的，一边做一边吆喝。青团是用野菜做的，那种野菜在我们当地叫“面面菜”，细条形，一大篮子青乎乎地摆在店门口，似乎是在明确地告诉客人这些青团是用什么做的。做熟的青团油亮油亮，非常诱人。我问店主：“咋卖？”店主说：“十元一盒，一盒六个。”我说：“那就来一盒吧，权当零食吃。”我付了钱，店主递了我一盒。

街上人不多，零零星星，总计不过十来个，多是如我一般的猎奇者，全然不像别的景区那样车水马龙，川流不息。我便叹息，这么好的一个去处，却不为多数人所知，只能让它寂寞而黯然地隐藏在岁月深处，可惜了。但转念一想，这样也是好的，倘若人太多了，老街也便没有老街的味道了，肯定是人赶人、人追人、人拥人，难得这样尽兴畅游。

老街的草随砖缝而生，一撮一撮，葱绿葱绿，有一处浓绿的地方，像我们当地的水芹菜，细看又不太像，像的是它的叶子，不像的是比水芹菜要矮很多，匍匐在地，却又异常茂盛。很多侧巷处写着：此处危房，勿要靠近。想必，这里很多的房子已年久失修，砖、墙、梁皆已有了破损，见着这样的提示，我就算再好奇，也只打望一眼算了，毕竟出门在外，安全总是第一位的。

有两个女人在铁匠铺里挑菜刀。我仔细一看，原来这铁匠铺的东西还挺全，刀呀，剪子呀，火钳呀，还有好多的农耕用具，如铁锨、铲子、小挖锄。南方的用具，似乎相形于我们北方，要显得小巧，就拿那小挖锄来说，它的把就好短，只有一尺多长，而我们北方的锄头，有宽锄，有窄锄，锄把都在一米多长，方便使用，省得人弯腰，或者这跟地势有关系，南方多平地，而北方多山坡地。打铁的是一个老汉，最起码有六十多岁了，头发有些零乱，衣服也不怎么整齐，随随便便地穿在身上，炉子里的火仍烧着，火苗上下跳动，他一边招呼顾客，一边在铁器上敲敲打打，不慌不忙，悠然淡定，估计常年四季干这类活儿，也已经养成了很好的耐性。

有妇人在做咸鸭蛋。据妇人讲，鸭蛋才做好，从罐子里取出来，她要洗去蛋上的泥巴，才方便卖。我问她，这是用什么做的？她说用的是石灰和泥巴，将石灰和泥巴按一定的比例拌好，抹在鸭蛋上，齐齐地码在罐子里，放上一个月，时间到后，将它们取出来，再一个一个地清洗掉蛋上面的泥巴，咸鸭蛋就算是完全做好了。

我觉得甚是有趣，便蹲在她的旁边看了好一阵儿。

妇人便顺势与我推销："你要不要？才做出来的，新鲜着呢！"我在高淳这边，一直都是在单位吃饭，自己没有开火，因此便委婉地说："我是在这儿出差，没地方做饭，要是能做饭，一定带一点儿，就个馍，熬个粥都挺好的呢。"

街上还有卖布鞋的，做篾工活儿的，最让我惊诧的是叠银锭的。一个老妇人端端正正地坐着，叠一个，放进篮子里，又叠一个，再放进篮子里。我问："叠的这个是什么？"她说是银锭。我又问："做什么用呢？"老妇人讲，祭祖先用。我顿时肃然起敬。

在漆桥老街这个古村落，有很多孔姓的人，都是孔子的后裔，时下统计就有七千多户，可谓一个庞大的家族。在这个地方还有一个很大的孔家祠堂，里面陈列的都是历代孔家名人，当然，最大的名人还数孔子，他的言行，都被定格在祠堂里，成为孔家人立世的行为规范。走到这个门内，少不了要拜祭孔子，作为一个喜好文化的人，我对孔子也是推崇备至的，孔子一生漂泊，为了实现自己经世治国的抱负和理想，饱经苦难和嘲弄，生前理想不得实现，死后，却成万世之师，得君王敬仰。这是对孔子的嘲弄，也是对当时的嘲弄。一个人的价值如何才能得以体现，难道只有在死后才能盖棺定论吗?

长街走完，便到了漆桥，出现在我眼前的是一座坚固的三孔石桥，有些年头了，上面长着一些石苔和杂草，老街上的老人说，在很早以前，这其实是一座老式的木桥。据地方志记载，元至正十八年（1358），邑人张必恭募建，明洪武八年（1375）重修。始建为木桥，为防腐朽，就在上面涂了油漆，因此称作“漆桥”。1953年，改筑三孔石桥。正如我的猜测，它之所以叫“漆桥”，肯定是与漆或者是漆树有一些关系的，若非漆树所做，便是油漆浸染。

桥南有一老井，名曰“保平井”。漆桥地古称“南陵”，汉哀帝时，丞相平当辞官隐居南陵，故后有了保平井。保平井位于漆桥南堍，掘建于宋，现井水已枯，只留下了一个石质的井栏，被钢圈罩着。光阴不停流转，时光已然远去，隐藏在时光中的那些人和那些事，在现实的物事中，常常会被打捞起，它们的浮现，让历史有了可以回味和咀嚼的味道。

返程中，遇一画室，却不料，室主人竟是一位诗人，号“丁白”，送我诗集一本，却遗失在归途中，不知会被何人拾得。不久，我便结束了这段南方的学习和交流回陕西了，而这漆桥，也竟自远了，远到如今与我已天各一方。时不时，我还会想起，想起那个古老的、沧桑的、充满趣味的、隐藏在岁月深处的古村落。

（该文获得“中国最美古村落征文”一等奖）

红楼一醉千古事

整理书架时，又看到了《红楼梦》，那是我工作后特意用自己的工资买来的一套两卷本的《红楼梦》。书积年日久，有些泛黄，但它的经典却永不褪色。

从小到大，我以读书为最大的嗜好，一泡在书里，我就忘记吃饭、忘记干活儿、忘记睡觉，为此，没少挨母亲的责骂。那时，家里的地多，人手少，家务和地里的活儿，我们不帮忙，就做不出来。因此，在学习之余，我们每一个孩子都是家里的小帮手。我不是家里最大的孩子，也不是家里最小的孩子，当然，就算那时最小的弟弟，也得跟我们所有的人一起上山捡柴，下地锄草。平日打猪草、担水、剁猪草、剁柴、扫地、烧饭、洗碗、刷锅，更是家常便饭。而我读书的习惯常常会影响干活儿，也会导致大家心里严重不平衡。为此，我被母亲斥责过，我的书也被母亲夺走过，但是母亲却从来没有撕过我的书，也没有烧过我的书。如果母亲将我的书像晴雯撕扇子一样撕掉的话，估计后来我也就不读书了。母亲拿走我的书，只是放在一个我找不到或者是够不着的地方，待农活儿忙完了，她又会找出来，还给我，并说："以后看书要识相，大家都忙着，你一个人抱本书，你不干活儿，大家都有意见，也都不愿意干活儿，一个人影响一大家人，都不干活儿家里吃啥喝啥！"

因此，我的读书时间便从白天变为晚上。母亲怕灯光幽暗伤了我的眼，每次在我看书的时候，便将油灯拨得明明亮亮的，这个时候，我总会冲着母亲感激一笑。我知道母亲不反对我读书，只是希望我在读书的时候能够分清场合，不要影响别人干活儿的情绪。

央视播出的节目《我的艺术清单》中，李敬泽先生说，他是在小学四年级的时候开始读《红楼梦》的，而我则比他晚读多年，我是在上初中的时候接触到《红楼梦》的。当然，李敬泽先生作为一个父母双优的知识分子家庭子女，家中藏书丰富，自小在书堆里滚大，他也以北京大学中文系的高才生而名世。而我则不同，我的每一本书都是从别处得来的，不是父亲帮我借的，便是我自己借的，清代文人袁枚有一句话："书非借不能读也"，我觉得说得非常准确。读书于我来说，确实如此，我每得书，便如获至宝。

初二的暑假，在学校当老师的哥哥回家，带回了一套二卷本的《红楼梦》。当然，他借回家来是自己看的，而我像是发现了夜明珠，立刻被它所吸引，腿脚像不由自己使唤一样，常常往哥哥的房间跑。因为在当时，我已经知道《红楼梦》是中国古典四大名著之一，而且我还通过一些连环画看到了《红楼梦》中的一些情节，比如黛玉葬花、晴雯撕扇、宝钗扑蝶。而当我看到真正完整版的《红楼梦》时，那种惊喜和激动完全无法想象。我两眼放光地盯着它，生怕它飞了或者是跑了似的。我盼着哥哥赶快读完，好让我看。那是上下卷的《红楼梦》，哥哥看完一本，我赶快就借来，如饥似渴地看着。在当时，里面还有一些生僻字，但我已经能够根据上下文的关联猜出其中的意思，实在不明白的，便去问哥哥，他总会予我耐心解答。哥哥是一个爱读书的人，我也是一个爱读书的人，因此，在这个家里，哥哥对我这个爱读书的妹妹也颇是钟爱。

两卷本，我用了一个礼拜的时间看完，而这，多是在夜间读的。记得中间有一个雨天，我便如临大赦，终于可以全天候地看书啦，多好呀！我手捧着《红楼梦》，幸福得无言。母亲见我捧着书一个人坐在屋檐下痴痴地看，痴痴地笑，从我身边走过时，用手指头捣了一下我的额头，半怪半嗔地说了一句："你个书呆子！"本来这一天我还要剁猪草的，但是因为我要看书，母亲便自己去剁了猪草，给了我更多看书的时间。识字不多的母亲总是用她的方式默默地支持着我。

《红楼梦》开篇之时，亦实亦虚，亦虚亦实，以"假语村言"引出这一宏大叙事，开头很妙，妙在"女娲氏炼石补天之时，于大荒山无稽崖炼成高经十二丈、方经二十四丈顽石三万六千五百零一块。娲皇氏只用了三万六千五百块，只单单剩了一块未用，便弃在此山青埂峰下"。仔细推敲，是不是很有意思，一年三百六十五天，而女娲炼石炼了三万六千五百零一块，用阿拉伯数字36500除以365，是不是等于100年，而这100年，是不是相当于一个世纪，一个人或者是一个家族的轮回。一块补天弃下的石头，因为不甘落寞，被两个途经的道人带到人间，在经历了人世间的种种悲欢离合之后，又归于青埂峰下，并记录了这一段红尘际遇。该书本名《石头记》，后又被人改名《红楼梦》。何为红楼？因为，此书中所叙女子颇多，闺阁红粉，尘缘一梦，因而又名《红楼梦》。一部《红楼梦》痴了多少世间人，醉了多少天下客？

我爱《红楼梦》，爱的是它的一个"真"字，真情与真味。我历来不认为《红楼梦》是一部纯粹虚构的小说，它是有生活原型和人物原型的。若没有那样真实的生活经历，就是再有才华的人，再厉害的小说家，也不能写得这么栩栩如生、包罗万象。在这个世上，能够浓缩万千气象在一书的人，必不是普通的人，他一定会是某一种生活的主角，因而才能写出让人感同身受却又如此令人荡气回肠的文学作品。而这部《红楼梦》，便是曹雪芹将自己的身家故事借一块石头的际遇和盘托出，是曹雪芹的半生经历的写照，也是曹家家族兴衰的缩影。这块石头既是《红楼梦》中贾宝玉的前身，又是作者曹雪芹的自喻，贾同"假"，贾宝玉，亦是“假宝玉”，这个“假的宝玉”便是曹雪芹本人。《红楼梦》中的主人公贾宝玉在家道中落之后出家，而曹雪芹在家道中落之后被迫离开南京，也就是当时的江宁，历经生活的种种艰辛与磨砺，后栖身北京西山脚下的黄叶村，从此著书立说，写就了这部名著。贾宝玉将其入世的际遇记在石头上，曹雪芹将自己的一生记录在纸上，何其相似的人生，何其趋同的禀性？说白了，贾宝玉便是曹霑曹雪芹本人。一部小说，通过一个人、一个家族的故事，其实讲叙的是一个王朝的兴盛与没落。制度在塑造着人的同时，也在毁灭着人，它让腐朽延续，让美好凋零，到最后，一切土崩瓦解。

读过《红楼梦》的人估计都记得这样一首诗：“满纸荒唐言，一把辛酸泪！都云作者痴，谁解其中味？”这是《红楼梦》开篇的一首诗，这短短二十个字，道尽了世事的辛酸、人生的无常，其中亦包含着作者曹雪芹在经历人生的风雨和巨变之后的沧桑心境。

在这部书里，人物众多，有名有姓的为数不少，这些人物之间的关系错综复杂，共同演绎着一个家族由兴盛到没落的百年家史。这些人物都有自己鲜明的个性和特色，贾母的从容、王熙凤的辛辣、贾宝玉的顽劣、林黛玉的伶俐、薛宝钗的世故、晴雯的率真、香菱的悲情、探春的果敢、尤二姐的刚烈、刘姥姥的有趣等等，都给人留下了深刻的印象。这也是《红楼梦》卓越的地方，它成功地刻画了多个典型的人物，以优美而精致的文笔，多变的手法，让人物在特定的历史场景中重新鲜活起来，通过自己的故事反映种种社会问题。在这部书里，不仅人物众多，而且涉及的领域又极为广泛，说它是一部百科全书都不为过，它涉及饮食文化、建筑文化、园林文化、服饰文化、诗词文化、医药文化、曲艺文化，可以说是涵盖了社会生活的方方面面。读一部《红楼梦》，便如通读了一部封建社会兴盛和没落的简史，让人感慨万千，又不免伤春悲秋，从而以一种警惕和反思的眼光回望历史。

该书通过一僧一道两人入世，将这块补天的弃石化为通灵宝玉，带入人间，让其在人世间经历了生活的种种，享尽人间荣华富贵，又坠入儿女情长。到最后，一切如梦，万境归空，赤条条地来，又落了个赤条条地去，来去了无牵挂，最后又回归于青埂峰上，仍旧以石而立，谱写出一曲人世的挽歌。正如跛足道人唱道的："世人都晓神仙好，唯有功名忘不了。古今将相在何方？荒冢一堆草没了！世人都晓神仙好，只有金银忘不了。终朝只恨聚无多，及到多时眼闭了！世人都晓神仙好，只有娇妻忘不了。君生日日说恩情，君死又随人去了！世人都晓神仙好，只有儿孙忘不了。痴心父母古来多，孝顺儿孙谁见了？"甄士隐作解道："陋室空堂，当年笏满床，衰草枯杨，曾为歌舞场。蛛丝儿结满雕梁，绿纱今又糊在蓬窗上。说什么脂正浓、粉正香，如何两鬓又成霜？昨日黄土陇头送白骨，今宵红灯帐底卧鸳鸯。金满箱，银满箱，展眼乞丐人皆谤。正叹他人命不长，那知自己归来丧！训有方，保不定日后作强梁。择膏粱，谁承望流落在烟花巷！因嫌纱帽小，致使锁枷扛。昨怜破袄寒，今嫌紫蟒长。乱哄哄你方唱罢我登场，反认他乡是故乡。甚荒唐，到头来都是为他人作嫁衣裳！"这一唱一解，道出了《红楼梦》的至大境界，一阕《石头记》，一枕《红楼梦》。

《红楼梦》的伟大便在于它通过人物的命运照见了世情，照见一个王朝的背影，这些人物的命运是封建制度的必然，而这样的扼制人性的制度也必然会被淘汰。历史是一面镜子，它照见了荣辱，照见了兴衰，也照见了一个王朝的顽疾与沉疴。在历史的长河中，每一个人物都是历史的影子，他们在其中扮演着不同的角色，最终也会成为封建制度下的牺牲品，而贾宝玉的叛逆、林黛玉的反抗、晴雯的不屈，又让人看到了希望之光。正如鲁迅所说："在一个铁屋子里，所有的人都睡着了，只有几个醒着的，那也是有希望打破这铁屋子的。”在那样的男权社会，贾宝玉敢于打破阶层和门第观念，以平等的姿态与丫鬟、戏子、下人，以及社会上形形色色的人等相处，这也体现了他追求众生平等的愿望和理想，这本身就是一种进步的思想。而他与林黛玉的爱情，又打破了“父母之命，媒妁之言”这个古老的婚姻传统，一个非林黛玉不娶，一个非贾宝玉不嫁，这种忠贞不渝的爱情观，在现代社会也是进步的，亦是被人们肯定和赞扬的。林黛玉更是捍卫自己的爱情，宁愿“质本洁来还洁去”，也“强于污淖陷渠沟”，这种反抗精神是非常了不起的。

在这部书里，我最喜爱的两个女性人物便是林黛玉和晴雯。这两个女子一个为主，一个为仆，虽然身份和地位不等，如果抛开等级观念，两个人都一样的美好，如皎皎明月，如晨间旭日，以真善美的光芒照亮了世俗污浊的天空。

林黛玉天生瘦弱，体形单薄，而这又并无大碍。这世间，有杨玉环的体态丰盈、丰腴婀娜，亦有赵飞燕的身轻如燕、杨柳依依，这两者，都不失为大美。而林黛玉的病主要来自心病，她和宝玉心心相印，芳心暗许，在那样的封建制度下，却又深恐爱而不得，因爱生忧，因忧生病，终因爱成恶疾。世间最是相思苦，有多少人因相思成疾，有多少人因相思而魂断天涯，像梁山伯与祝英台、杜丽娘与柳梦梅，等等。这些情男痴女，才子佳人，皆是因爱而生，可是因为社会制度和世俗的逼迫，无法有情人终成眷属。只有杜丽娘死后重生，与柳梦梅终成佳偶，当然这带有神话色彩。在贾宝玉和薛宝钗结婚的那天晚上，林黛玉知自己和贾宝玉的爱情无望，烧了贾宝玉赠她的锦帕和自己的全部诗稿，将人生的一切归零。在那样的一个失望绝顶、寒意萧萧的冰冷的夜晚，万念俱灰，以致神思衰竭，在贾府敲锣打鼓、喜气洋洋、欢天喜地为贾宝玉和薛宝钗办喜事时，魂断潇湘馆。一个才华盖世的女子，因爱而化作了一缕香魂，走完了她悲悲凄凄的一生。每每看到这一幕，不管是书中还是在越剧里，或者是黄梅戏、电视剧里，总让我潸然泪下。这世间一个“情”字，痴了多少心，苦了多少人？

晴雯，因为家境贫寒，自小被卖入贾府。起初是贾母的丫鬟，后来稍大一些后，因生得眉清目秀，十分俊俏，贾母心疼宝玉，便将她许了宝玉做丫鬟，自此，晴雯开始了侍奉宝玉的日子。宝玉虽贵为富家公子，贪玩成性，却是一个性情中人，重情重义，视晴雯和一众丫鬟如自家姐妹，而晴雯亦是一个有情有义、知恩图报的人。一年冬天，贾母送了宝玉一件孔雀毛织就的大氅，宝玉第一次穿出去玩时被手炉里崩出的火星烧了一个洞，而第二天要去给王子腾拜寿，不得不穿这件衣服，这可急坏了所有人，一时无法找到能够修补这件衣服的匠人，是晴雯带着病身连夜为宝玉修补衣服。晴雯被赶出贾府，气病交加，以至于卧床不起，最终一命呜呼。一个如花朵一般美丽的女子，就这样香消玉殒了，让人不禁叹息万分。晴雯去世后，宝玉伤心不已，悲郁难抑，听丫鬟说晴雯化作了芙蓉花，特为晴雯写下了《芙蓉女儿诔》的诗文，以之祭典：“忆女儿曩生之昔，其为质则金玉不足喻其贵，其为性则冰雪不足喻其洁，其为神则星日不足喻其精，其为貌则花月不足喻其色。”是这样一位冰清玉洁、才貌出众的女子，在那样的俗世中，因为门第，因为人与人之间的不平等，加之她的率真与不肯低眉奴颜，最后被赶出贾府，只落得个魂飞魄散。想想，不禁令人万分凄然！

一部《红楼梦》，可以说是中国封建王朝几千年的缩影，它向世人呈现了一个朝代的病相，也让世人窥见了一个家族的病相。理国者，制度为本，民生为基；理家者，当居安思危，不可安富享荣。它可以说是一部予后人的警世之言、醒世之书。曹雪芹成就了《红楼梦》的美丽永恒，让后人为之惊艳，为之慨叹，为之咀嚼，让它被中外文化学者研究，并流传到许多国家，成为一部经典文学巨著，亦成为一部旷世奇书。它以太虚幻境、假语村言和年代失考等以假乱真之象，逃过了朝廷的稽查，因而得以留存，并广为流传。这是《红楼梦》的幸运，也是它的高绝之处。

读《红楼梦》的时候，常常觉得它有重要的现实意义。特别是当我读到第五回时，宝玉于太虚幻境中，听到的那首《飞鸟各投林》这一个曲子：“为官的，家业凋零。富贵的，金银散尽。有恩的，死里逃生。无情的，分明报应。欠命的，命已还。欠泪的，泪已尽。冤冤相报实非轻，分离聚合皆前定。欲知命短问前生，老来富贵也真侥幸。看破的，遁入空门。痴迷的，枉送了性命。好一似食尽鸟投林，落了片白茫茫大地真干净！”感触颇深，如果为官不清廉，贪赃枉法，到最终只能是家业凋零，忙碌一生终成空；富贵之家亦应仁义立世，万不可为富不仁，否则也终会钱财散尽；与人为善，会在危境中逃脱厄运；无情的，定会遭到现世的报应；害命的，须得拿命来偿还；欠人恩情的，也会以泪水相报。这里有宿命论，有宗教色彩，但在中国的传统文化中，这便是为人立世的因果相承、互为因果的哲学辩证思想，因此，我们从《红楼梦》中读到的不仅仅是令人心神激荡的爱情和历史故事，还有教益和警示，为官的应将官当好，为业的该将业兴好，为人的应将人做好。

红楼一醉千古事，万千情爱寄于石。一书得尽天下誉，旷古烁今照青史！

（原文刊载于2023年《阳光》杂志第5期）

向着秦岭最高处去

太白山作为秦岭主峰和最高峰，我一直想去攀登一次，想看看站在秦岭之巅，呈现在我面前的究竟是一幅什么样的地理画卷。

一直向往，却一直没有足够的勇气。那山太高，我怕我登不上去；那山太雄伟，我怕征服不了；那山太巍峨，我怕我根本无法将它踩在脚下。但在心底里，却一直有一个诱惑，让我不断地生出希望，不断地惦记，不断地向往。

甘肃作家王若冰曾经为一部八集电视纪录片《大秦岭》撰稿，我把纪录片一集不落地看完后，感于大秦岭丰厚的人文，以及大自然赋予人类的神奇和不可捉摸，写就了一首同名诗："洪荒岁月天地崩，横空出世大秦岭。绵亘中原八百里，阅尽沧桑纵古今。秦砖汉瓦唐时风，人间日月有不同。帝王将相今何在？唯有青山留长名。"后来与王若冰先生结识，聊到我们共同敬仰和敬畏的大秦岭，聊到了太白山，以及围绕着太白山的种种，先生还专门给我寄来了他的著作《仰望太白山》，这是我与太白山最初结缘。

时逢六月，脑子里突然蹦出"六月积雪"四个字，诱惑再起。当然，"六月积雪"是太白山最有名的一景，想到文友皓月先生是宝鸡人，便问："太白山好吗？"他回说："当然好呀！"我为了坚定自己的信心，再问："真的，您确定？"他说："可不，绝对颠覆您的想象！"我继续说："那我想去看看'太白积雪'，欢迎吗？"他说："我近日事务繁忙，回头忙完了手边的事联络您！”

一周前，他发来消息说：“想登太白山，近一周内随时可去！”我说：“好，那就这个周末吧！”我叫上酷游的秦剑先生、善游的莉姐，在周六的早晨驱车如箭一般往太白山驶去。

说到太白山，估计很多人会自然而然地想到李太白，认为太白山是因为诗仙李白到过，并且吟了诗而得名的。其实不然，在大唐之前，太白山已有此名。《尚书·禹贡》谓之“惇物山”，《说文解字》云“惇者，物之丰厚也”。可见古人对其得天独厚的物产早有发现，以“惇物”名山。《汉书·地理志》谓之“太乙山”，据传为太乙真人修炼之地。《录异记》载，“金星之精，坠于终南圭峰之西，其精化白石若美玉，时有紫气复之，故得此名”。后来一直沿用“太白山”之名。《水经注》亦有记载：太白山“于诸山最为秀杰，冬夏积雪，望之皓然”。古时每年农历六月盛夏之际，从关中平原上仰望太白山，白雪皑皑，银光闪闪，亦故有此名。说到底，太白山是在第三次更名后遂叫“太白山”的，它是以峰顶胜雪而名副其实。

当然，太白山跟大唐诗人李白也确实有颇深的渊源。李白求仕长安，不得意，便于长安城四周游历，以诗酒寄情和抒怀。他写太白山最有名的诗应该算《登太白峰》：“西上太白峰，夕阳穷登攀。太白与我语，为我开天关。愿乘泠风去，直出浮云间。举手可近月，前行若无山。一别武功去，何时复更还？”这首诗既有对太白山高峻美景的赞美，也有对自己未来前途的迷茫。而我们今天走的，也是诗仙李白当年所走的诗路，他出长安、别武功，这让我也想起了很多很多。我也是一个文人，在人生的路上也有许多的挫折和磨砺，也曾迷茫，也曾彷徨，也曾不自信，也曾不坚定，但又因为作品的不断发表，又促使自己一直坚持在文学的这条路上。生活中的经历不管是好的，还是不好的，我们统统都得接受，而任何一种经历，都在促进我们成长，让我们更加坚定和顽强。面对风和雨，我们只有做最好的自己，才能闯过一个又一个生活的关口。好在，文人，可以以文抒怀，在苦闷和压抑的时候，可以用文字排解。有时想，在现实的生活中，我们会攀登一座座山，而现实中的山，如何不是我们生活的山呢？汪国真有一句诗：“当我们跨越了一座高山，也就跨越了一个真实的自己。”向上的路总是充满艰难和坎坷，有人为的因素，也有环境的因素。但是，世间没有比脚更长的路，也没有比人更高的山峰，我们挑战生活，其实也是在挑战自己。想到这里，突然和李白有一种惺惺相惜之感，我们都是命运多舛的文人，我没有他的才可通天，但是也有着一棵小树或者是小草的梦想和愿望，也希望为生长的土地贡献一片生机和绿色，不负生命的到来和曾经的岁月。

第一站来到莲花峰瀑布。这是一个隽秀的瀑布，自高空而下，溅起迷离的水花和水雾，像是一个仙女在凌空起舞，舞出满天的银光闪闪。站在这里，心突然静了，有了一种盛世的清凉，满身的浮躁和烦热也顿时去了很多，仿佛身与心都经历了一场大自然的洗礼，世间最可贵的不是钱与物，不是俗世的名与利，而是身心的安逸、闲适和淡定。人与自然的天人合一，才是人生最好的状态，也是众生寻求的佳境。瀑布旁侧有一观音像坐莲花，应该是此瀑布得名的缘由吧。莲花峰瀑布，似乎确实有荡涤人心的功能，身处之下，觉出自己的渺小，觉出大自然的伟大和神奇。甚至觉得，我们这些自以为是的人，也不过是瀑布中溅出的微不足道的水花，我们能做的，只有心平气和，以自然之力立足于人间！

走出莲花峰瀑布，而后，便来到了泼墨山。这座山与李白息息相关，“泼墨山”之名，因李白的挥毫泼墨而得。当年，李白来到太白山，见到翠峰秀石，满眼皆是美景，心生长叹，吟罢《登太白峰》，深感惆怅与零落，于是抛砚泼墨，留下了千年的墨痕，也留下了一座山与诗人的联系。

其实李白写太白山的诗不止《登太白峰》一首，还有一首《古风》也写得相当好：“太白何苍苍，星辰上森列。去天三百里，邈尔与世绝。中有绿发翁，披云卧松雪。不笑亦不语，冥栖在岩穴。”很多人估计读过《蜀道难》：“尔来四万八千岁，不与秦塞通人烟。西当太白有鸟道，可以横绝峨眉巅。地崩山摧壮士死，天梯石栈相钩连。”这些都是李白在太白山留下的名作和佳句。一座伟岸的山，又因为李白而更加高大伟岸，富于传奇。在醉卧石处，我也坐下，留下了一张带有诗仙印痕的照片。这是一块巨形的石，平坦光滑，洁白细腻，如玉如瓷，若李白在此处醉饮，真有“地为床，天为被”之感：周围清泉漫流，山间鸟鸣翠幽，醉酒酣睡，不是神仙，也胜似神仙。

而我们真正的攀登是自索道开始的。下了索道，来到“天圆地方”，便相当于登上了白云之巅，有了“山高人为峰”的感觉。这个地方，也是太白山游人最多的地方，再往上走，就要看体能了。站在群山之上，白云之中，远山缥缈，四周白雾迷离，不是仙境，恰似仙境，一块巨石上刻有醒目的红字：“秦岭主峰太白山，中国南北分水岭”。中国的南北划分，便是以秦岭为界，它不仅高大巍峨，更是中国最显赫的地理界碑。

登上小文公庙，此时的我们，已经跃出了群山之上。如果说下面的山是我们素日常见到的山，绿树簇拥，翠色蔽日，而眼前的山，只能叫作原生石，它们是大块大块的粗石，是少有植物滋养和尘土抚摩的生石。估计在这样的海拔高度，尘土都是难以吹上来的，因此，它们就这样干干净净、棱角分明地盘卧着，任由日月普照，风吹雨淋，历经春夏秋冬，岁岁年年，在岁月的绵延与侵蚀中，它们似乎也在一天一天地变老，变得苍褐，那斑斑点点，可是石头生出的老年斑？我心里琢磨着，可在这些石头与石海中间，却又能长出一簇一簇鲜绿的草，一丛一丛葳蕤的花，那些花，那些草，都极为顽强，它们在石缝中扎根，在石缝中汲取水分，在石缝中挣扎着生长，并且能够依然长得茂盛青葱，确实是一道难得的风景。世间之大美者，不是繁花锦绣，而是于绝处中逢生，并能孑然独立，活出自己的顽强和自在。花儿很多，都是我少见的，它们形状各异，颜色各异，但是都焕发着无限的生机，个个仰头向天，展示着生命的昂扬与顽强，于是这些花儿便变得惊艳和绝美。在苍山之上，在砺石之间，在石海之中，它们的存在，甚至是会让作为人的我羞愧的。我在遇到困难和挫折时，会退却，会望而止步，而我的那些生活中的小困难与它们的艰难生存相比，算得了什么呢？

其实，每一次登山，都会带给生命不一样的体验。登牛背梁，我望见了现实和想象中的长安；登张家界，我看到了山的丰富多彩；登青城山，我了解到道家文化的博大精深与厚重；登泰山，我感受到了中华文明的历史悠久和源远流长；登太白山，我看到了生命的顽强和姿态昂扬。每一座山都让我领悟了很多，每一座山又都让我感受到了在特定的地理和历史环境下，自然和生命那种穿透时光的力量。

突然，两只小狗跑到了我的面前，一只绒黄色的，一只雪白色的。在这样的高山之上，突然看到两只可爱的小狗，让我顿觉惊喜万分，我停下脚步，打量着它们，它们也仰起头，看着我和周围的人。狗的主人追上来，是一对年轻的夫妻，带着一个八九岁的儿子。于是，我便说："好漂亮的狗哟，是双胞胎吗？"年轻的女主人说："是，是一对龙凤胎，黄的叫比熊，白的叫北极。"我怀着深深的好奇，不禁又询问："它们都是自己走上来的吗？"女主人说："是，这一路都是它们自己走的，比我们跑得还快！"说罢，自己先笑了，周围的人也都笑了："真是好样的！"我们和他们擦肩而过之后，我还忍不住回望，那蹦蹦跳跳欢快的姿态，似乎对我也是一种激励和鞭策，促使我勇敢地向前。

向上的路，越来越难走。过了小文公庙，这时的路，不过是在乱石丛生的地方人为地辟出的一条小径，尺余宽，仅供两人肩并肩而行，很多时候，仅容一个人独行。这路也只是将林立的石块人工摆平了一下，而那些平的石面便是路面，行人便是踩着这样的石块步道一步一步地向上攀登的。好在秦剑是个活泼热闹的人，一路不停地说唱，减轻了我们路途上的疲劳。最有趣的是，他还一路走一路吟诗，不光吟诵李白的《登太白峰》，还吟诵韩愈的《左迁至蓝关示侄孙湘》：“一封朝奏九重天，夕贬潮州路八千。欲为圣明除弊事，肯将衰朽惜残年！云横秦岭家何在？雪拥蓝关马不前。知汝远来应有意，好收吾骨瘴江边！”此前，我们经过的小文公庙，供奉的是韩愈的侄孙韩湘，真正的大文公庙，供奉的是唐代著名的大文豪韩愈。而那句“云横秦岭家何在？雪拥蓝关马不前”便是韩愈写秦岭的名句。我想，世人能够如此尊崇韩愈，不仅仅因为他的文采出众，更因他是古文运动的倡导者，主张继承先秦两汉散文传统，反对专讲声律对仗而忽视内容的骈体文。他的散文气势雄伟，说理透彻，逻辑性强，被尊为“唐宋八大家”之首，时人有“韩文”之誉，因而也让他有了“一代文宗”的称号。而他的诗也力求新奇，重气势，有独创之功。韩愈以文为诗，把新的古文语言、章法、技巧引入诗坛，增强了诗的表达功能，扩大了诗的领域，纠正了大历年间（766—779 年）年间以来的平庸诗风。其实，韩愈所倡导的文风和诗风，也是值得我们现代人学习和借鉴的，任何作品的言之有物都胜过空洞的浮华和炫技，好的作品一定是以内容和思想取胜的，从这一点来说，韩愈被誉为“一代文宗”名副其实。

今天能登上海拔三千多米的高山，有我对自身的挑战，也有一双好的运动鞋助力。有道是：“千里之行，始于足下。”所有的路，都是我们用脚走出来的，当别人拄着拐杖时，我仍能仅靠着双脚行走，我便在心里庆幸。在这时，往上走的人已经越来越少了，脚力不行的、耐力不行的、吃不了苦的、毅力不够的，在登上小文公庙后就选择下山了，而我能一直坚持往上走，还得益于一个八十岁的老人。这是一个满头银发的老妇人，口里的牙齿已经不全，但是，她却勇敢地来到了太白山。他们同行的是四人，三个老妇人，最年轻的妇人也已经七十岁了，由一个中年男子带领着，听老妇人说那男子是她的孙子。他们自山东来，都说泰山是五岳之首，他们想来看看秦岭最高的山峰与泰山有什么不同，这是她的念想。当然，泰山位列五岳之首，是它的政治地位决定的，而非地理位置。自秦始皇始，有多位皇帝在泰山举行了封禅大典，这一点，是其他山不能比拟的。而太白山则是以它的地理高度雄踞于秦岭之巅，引发世人的好奇。转而一想，这么年迈的妇人能够从千里之外来到陕西，以年迈之身攀登太白山，而我，作为一个地道的陕西人，我也一定要将这座山登到顶，否则便对不起自己陕西人这个身份。于是，便又劲头十足，仿佛重新注入了能量。

这时，我的脚不怎么吃力，但是感觉口焦舌燥，胸中干涩，估计跟这高山上空气稀薄有关，因为我们在路上已经见到有人扔掉的氧气瓶。我突然想到随身带有可乐，喝下一口，顿时觉得心神清爽，浑身舒畅。于是，走一阵儿，喝上一口，再走一阵儿，喝上一口，却不敢一口气喝完，怕无可乐浸润心肺，自己会体力不支，丧失攀登的体力和力量。我将这个方法也教给大家，他们喝了可乐，也觉得舒服了好多。因此，我们的行走，便也不再太吃力，加上一路说笑，唱歌，吟诗，这样的登山之旅似乎又充满乐趣，意兴飞扬。我的行走，历来喜欢观察，包括坐车，我都是舍不得睡觉的，更何况好不容易攀登上了这海拔几千米的高山，更是兴奋和激动，我不停地打量着沿途。此前说过，在海拔三千米以上，植物很少，除了偶尔冒出的一棵冷松，其他的植物都是贴着地面而生长，最高的也高不过两尺，包括那些我司空见惯的高山杜鹃，在这里也矮化成了小盆景，连片地匍匐在地面上，小小的叶片，密密地聚在一起，开过的花朵，还有未凋的干花在花枝上擎着，完全不似我见过的高山杜鹃。所以说，世间的任何事物，都没有一成不变的，包括植物，它们在不同的环境下，在不同的自然状态下，所呈现的样貌都是不一样的。在这些植物中，我能认识的只有少许，有高山兰，我是从它开出的花的形状上辨认的，还有降龙草，开淡白色的喇叭形的小花，还有许多的明艳的，黄的，粉的，白的，宝蓝色的。它们花色不同，形状不同，枝叶不同，但都开得明艳动人，灿烂夺目，而衬托它们的娇艳与妩媚的，却是那满山满坡粗砺的石头。这些粗砺的石头，形成了一片片石头的海洋，它们都是第四纪冰川遗迹留下的，是地球造山运动的结果。据考古工作者说，在这山上的一些石头上还能看到一些海洋生物的骸骨。

这让我又想到了汶川大地震。2014 年去九寨沟的时候，路过大地震后的汶川，我请司机将车开慢一点，那些山全部被震裂成一块一块的生石，披在一个一个生硬的山体上，让人看了，有一种说不出的受了伤的痛。时间已经过去了五六年，山上也没能长出茂盛的植被，只有少许的矮化如杂草的植物，星星点点地点缀着那片伤痕累累的山体。而我眼前的太白山，便是如此，放眼四周，除了这些冷峻的石头，便是眼前这些小花小草，还有那弥漫在山体间的白白的迷蒙的随风飘来荡去的雾气，让一座山变得影影绰绰深不可测。在石丛中，凸起的是一个一个的小石塔，这些石塔是人为堆起来的，当然，这都是游客所为。走在这高山上，人已经很累很累，还能有心情、有力气在万石丛中寻找合适的石头，砌成一座座的小塔，也确实是出于对自然的敬畏和顶礼膜拜。这样的小塔很多，在路的两旁，随处可见。我也生了这样的念头，既然来了，我们也一人砌一个吧，祈福我们自己，也祈福秦岭，让我们在这座伟岸的大山下永享自然的恩泽。有一些地理知识的人都知道，汤浴的水就是从太白山下渗出的地泉，许多人只管泡温泉，可能并没有想到去追溯它的源头。秦岭横跨陕西、甘肃、河南，延至四川、山西，绵亘一千六百公里。它孕育了众多的动植物，恩泽着一代又一代的人们。

在大文公庙，我认认真真地磕了头，跪在这里，除了对秦岭的敬畏，更有对一代文宗韩愈的顶礼膜拜。因为，在我身上，除了一个登山者的身份，还有一个显明的标志，那便是文人，作为一个文人，我认同并且非常赞赏韩愈的从文理念和文风。为文者，须得有一腔正气，一身风骨，文章才有力量，才有久远的意义，否则，不过是玩味之作，并无多少社会意义和价值。文化的一个重要功能，便体现在社会价值上，没有社会价值的文章充其量只是小情小调，自我娱乐而已。今日有幸，能够在太白山上邂逅先生，是缘分和际遇，也是精神上的重合与皈依。人在行路的时候，需要有精神上的认同，有了同道者，行路才不会孤单，未来有了清晰的方向和向前的力量，也才会走得更加从容和坚定。

再往上，是大爷海，海拔 3590 米，是太白山保存较完整的典型冰斗湖泊，形成于第四纪冰川时期，是我国内地海拔最高的高山湖泊。它静卧在秦岭之巅，让人觉得是如此的不可思议，有湖的地方多在低凹地带，而大爷海，竟然出现在山巅之上，不由得人不称奇，仿佛有一种神性的力量，在操控着这一切，因此人们又称它为“仙湖”。它的湖水清澈透明，非常洁净，在夕阳下泛着蓝蓝的波光，像一面巨大的镜子，或者是一个温润的玉盘，镶嵌在蓝天白云间。一只白顶溪鸲的鸟儿飞来，仿佛燕子一般，背黑胸红褐，一会儿贴水飞行，一会儿伫立湖边石块上，并不惧人，仿佛跟我们很相熟似的，甚是惹人喜爱。一见到水面有树叶，它立即衔走，使得池水无寸草点尘。更有趣的是，当一只鸟儿衔不动杂物的时候，往往是两只鸟儿衔着抬出水面。因此，人们又称这种鸟儿为

“净水童子”，它们似乎专为大爷海而生，默默地守护着湖水，让湖水永远保持洁净，纤尘不染，这的确是一个非常有趣的现象。世间的任何事物，都是相生相息的。

我们要攀登的最高处是拔仙台，这是我们此行的最后一站，也是我们攀登的终点和最高峰。此时此刻，所有的人都想迫切地感受一下“山高人为峰”的感觉，尤其是在这秦岭主峰太白山顶，站在那里，俯瞰秦岭南北，那是一种怎样的景象和我们无法想象的神奇和壮观？而从大爷海向上还有一百多米的高度，我们要登上这个高度，才算是真正的达到了秦岭的主峰，这对我们是最后的挑战。我们吃了一些鸡腿和火腿，喝了一些可乐，稍微调整身体，便开始向最高峰出发，我们身心疲惫，却又踌躇满志，有点不达目的誓不罢休的意思。与我们一起同行的，还有外省的两个人，他们是来自河南的两个年轻人，河南也是秦岭横跨的省份之一，因而他们的愿望和我们的愿望一样迫切，一样希望心愿达成，我们便互相鼓励，结伴同行。

攀登一座山，不仅需要体力，还需要毅力和耐力，更需要有挑战自我的信心和勇气，登太白山这样的高山，尤其如此。在我以往的登山经历中，估计海拔最高的便是牛背梁，它的海拔是 2802 米，青城山的最高处老君阁海拔 1260 米，张家界的最高处天门山海拔 1518.6 米，而泰山的最高处玉皇顶海拔 1545 米，因此说，我今天登的太白山，要比我以往登的山要高不少。我吃力，同行的几位朋友一样吃力，但我们都没有退缩和气馁，仍然坚定地向前，为了鼓舞自己，也为了鼓舞大家，我们唱起了郑智化的《追风少年》和《水手》，我们就这样一路相互激励，在翻过了三座山体之后，终于登上了拔仙台。彼时，正夕阳满山。

踏上拔仙台的那一刻，我们激动得欢呼起来，皓月先生也扔掉了手中的拐杖，兴奋得像个童心未泯的孩子。此时的海拔已经达到 3771.2 米，我们终于以一种胜利者的姿态站在太白山的最高处，我们伸展双臂，迎风而立，夕阳的余晖将我们的身影拉得老长老长，那满天的晚霞，像明亮的火海，映照在天际。我的眼光一下子穿透到了几千里之外，所有的事物在眼前变小，而万千之物又如赶集般齐刷刷地聚于眼底，叹江山锦绣，幅员辽阔，前不见古人，后不见来者，唯有世事纷纭，天地苍茫。

这个地方之所以叫拔仙台，是有着道家文化的内涵在里面。据说，周武王讨伐商纣之后，姜子牙在此点将封神。当然，这个故事也说得过去，封神点将，须得在一个最能显示神性和高度的特殊所在，而此处应是最佳之所，拔仙台顶上的小观里据说供奉的就是姜子牙点将封仙的座椅。只是，我们没有看到神往已久的太白积雪，因为已经进入伏天，太热，太白积雪是六月才有的景观。而现在，它已经融化了，这让我多多少少有点失望，但是能够登上太白山，我们又觉得是一件非常了不起的壮举，不仅实现了对自身体力的超越，也实现了精神的超越，于我来说，甚至是圆了一个几十年的梦。

那一晚，我们宿在拔仙台，在这留宿的有二十余人，有先我们来的，有后我们到的，一轮朗朗的明月与我们做了最好的陪伴。山上的风很凉很凉，有着一种穿透衣衫透骨的清冷，但是我们都不愿意过早去休息，一直到实在扛不住冻了，才回到房子里避寒，和衣而卧，静待次日的日出，在旭日的喷薄而出中，和太白山做最壮丽的告别。

五点的时候，我们便赶快起了，找了最佳位置坐下，等待日出。

太阳如一个小火粒一般从地平线下缓缓地升起，一点儿一点儿地增大，最后成为一个小火球，“蹭”地一下从地平线中跃出，将天际映得通红，一瞬间，天际灿烂成一片，大地被照亮，黑暗散去，一切又都重见光明。大家挥舞着胳膊，不停地惊叫着：“了不起，了不起，太壮观了！”是啊，自然之伟大与神奇，远超我们的想象。

天亮了，阳光又将普照大地，生命又将在新的一天里生长。此时，我仿佛听到了露水滋润草木、草木拔节儿、花儿努力开放的声音……

（原文刊载于2021年《延河》上半刊第12期）

一盒与文学有关的粽子

端午节前夕，约了贾平凹，想请他给我题个书名，他告知星期天下午五点可见。

那是儿童节过后的一个周日。午饭后，没敢睡觉，害怕睡过头误了和贾平凹见面的时间。收拾了锅碗，就一直在电视机前候时间，本来想约个朋友去，但没征得贾平凹的同意，就没约。因为对于贾平凹来说，时间是宝贵的，会客于他来说，一来会影响他的写作，二来会给他带来不得不忍耐的吵闹。因此，想来想去，还是自己去把书名题了就行了，当然，那天还帮几个朋友带了欲请贾签名的书。

下午三点，我简单收拾了一下，带了一盒南方的茶叶去拜见贾平凹。空着手去，总是不礼貌，这盒茶叶，是从南京带回来的，因为想请贾平凹题写书名，就权且作了予贾平凹的见面礼。要说当时的心情，有些激动，也有些期待。虽然贾平凹是我们省作协的主席，但是能见到他的时候并不多，更何况我是一个基层作家，参加省作协活动的机会少。因此，就算我是一个中国作协会员，就算我跟他是商洛老乡，除了大型的会议和一些重大的文化场合，也是难以见到他的。更何况，贾平凹是一个痴迷写作深居简出的人，一般很少抛头露面，包括宴请，他都会推辞，可能好多朋友都读过他的《辞宴书》。

三点多，太阳正猛，我打了一把太阳伞，涂了防晒霜，便出门了。好在公交车可以到他所住的地方，中间转了两次车，就到了他家附近。

记得曾和朋友去过一次贾平凹的书房，但这次来，却似乎有点儿晕头转向了。还是坐的那趟车，还是在那站下的车，可是下了车，却找不着贾平凹的“秋涛阁”了。一直记得，下车往前走，或者是从立交桥往回走。可是，这一次顺着路往前走，到处都是陌生的房子，或者是被圈起来的工地，一直走到立交桥了，还是没有见到那个特别的“秋涛阁”。我只好又上了立交桥往回返，返回来，仍旧朝着那个熟悉的方向往前走，可一直走出了两三站，仍然没有见到那个洋溢着文墨气息的“秋涛阁”。我问了一些周围的人，皆说不知道，我又问了正在干活儿的清洁工，心想，他们整天在此处，应该会知道，问及，却仍是不知，心里不禁惊惧起来。难道贾平凹所住的“秋涛阁”被拆迁了？可是，没听到他说已经搬迁的话呀。

在种种猜忌和疑惑中，我问了贾平凹：“贾老师，我怎么找不到您住的‘秋涛阁’了呀？”贾平凹回我说：“十字路口立交桥西北角‘秋涛阁’。”我只好继续往前走，问路人，西北角在哪里，得路人指引，原来这里新建了一座立交桥，令我将它与原来的立交桥的方位搞混了。至门口，原来那个曾经横在小区门内的“秋涛阁”拱形的横牌已被去掉，只留下“秋涛阁地下停车场”几个小字。地方还是那个地方，只是因为起了变化，顿时显得有点儿陌生。我从边门进，保安问及，我说找贾平凹，与他约好了的。沿侧梯进院，上得楼来，敲门，门便开了，我唤了声“贾老师”，贾平凹说了声“进来”。我入得门内。在外面的贾平凹，常常是坐在台上的，被种种光环笼罩，如众星捧月，总是让人觉得很高大，而真正走近贾平凹，却感觉到他亲切、温和、质朴，没有架子，更没有某些名家的盛气凌人。他问我：“又准备出书了？”我说：“嗯，是的，想出，因此想请您给题写个书名。”他说啥名。我与他说了，他听后，便说：“那到楼上写吧。”他前面走，我尾随他上楼，在他楼上的写字案前，他为我写下了“梅花语”。我赶紧说：“谢谢贾老师厚爱！”他便笑。

写罢。他说：“我正看一个球赛，还没结束，再看一会儿，还有人来。”原来，他为了节省时间，将要来的人集中到一个时间段，一起接待。他顺手递给我一瓶矿泉水：“先给你喝这个。”我好奇地问：“贾老师，您还看球赛呀？没想到您还有这方面的爱好。总以为，您一天光写作呢！”贾平凹说：“别的爱好也没有，就是喜欢看个球赛。”我一看，是一场足球赛，电视机就放在众多的佛像和古陶中间，不注意，真看不到这个房间里还藏着一个电视机呢。他在电视机前坐下，暗示我在旁边的凳子上坐下，我便坐下，正好与他说几句话。他一边看着电视，一边听我说话。正说着，有敲门声响起，我说：“那我去开门？”他说：“好！你们都是提前约好了的，我在这个时间就专门等你们的。”

我打开门，三人走进屋内，一个年长的男士，后面跟着一个年轻的男孩和一个同样年轻的女孩。贾平凹又走到那张经常会客的桌前，说：“你们来了呀，都到这里坐吧！”将大家都让到了那口像锅像瓮一样的桌前了。这会儿来的这三个人，听长者的口气，他们是多年的老交情了。这三个人知道贾平凹喜欢石头珍玩，给贾平凹带来了一尊磐石，灰墨色，光滑厚重，如一尊睡佛，贾老师让在一边放下，而后众人围坐。

见客人落座，贾平凹说：“我去给你们煮点茶！”我说：“贾老师，您陪客人，我来煮吧？”贾平凹说：“我这儿你找不着向，还是我来！”他亲自去给大家煮茶，大伙儿都有点儿忐忑。当然，这会儿是人多，一般人少的时候，他会冲泡一杯茶，或者是给一瓶矿泉水，而今天，他给大家煮茶，而且煮的是跟平时喝的不一样的茶——咸茶。当然，我也是平生第一次喝这种带咸味的茶。据他说，这种咸茶是用普洱茶煮的，只有熟茶才能煮成咸茶喝，我想这是他在生活中摸索出来的一种喝法，或者说，就叫“贾氏喝法”。当然，说句实心话，这茶味道确实不错，像饮料，也像高汤。平时喝的都是淡茶，突然喝到这种咸茶，感觉还是特别有滋味的，大家都喝得津津有味，一边喝着茶一边聊着茶。我是第一次喝这样的茶，他们几人也一样，是第一次喝。

喝茶的时候，贾平凹又给我们拿来了一盒核桃饼，说："来，一人一块，都尝尝！"分递给我们。核桃饼很酥很脆，吃起来口感很好，酥香绵软。他说是一个汉中的朋友给带的，茶就着饼，吃一口饼，喝一口茶，核桃饼就不油腻了。就着茶，核桃酥入口即化。我说："贾老师，您这种吃法很好，就着这咸茶，核桃的油融入这茶水，有一种咸香清爽的感觉，真好！"贾平凹听后，说："好就多吃点儿！"大家都吃后，还剩下一块，他让我吃了，我说："我不吃了，再吃，就吃饱了。"他说："饱了正好，回家就不用吃晚饭了！"

他又去取来了我给他带的杏，自己洗了。来的时候想着贾平凹自小也是在商洛农村长大，现在正是吃杏的最佳季节，所以就将家乡的杏给他带来了一点儿。没想到他极喜欢，一边分给大家一边说，这是家乡的杏，小时候吃到的东西，还仍是小时候吃到的味道。听到这话，我很高兴，对于他来说，名贵的东西，他见的太多，这种新鲜的节令水果，在水泥森林般的城市中，未必想吃就能吃得到。而我的想法，正合了他的心意，这又让我感到自己这么老远提来，总算有些值得。

来的几个人，要说也是商洛老乡，当然，我不认识。两个年轻人，是一对恋人，都是海归，即将结婚，此次前来，是想请贾平凹给写一幅字，祝福他们的新婚，因此，他们特意为贾平凹带来了那尊磐石。在交谈中，他们说了想请贾平凹写字的想法，贾平凹看了看这对才貌双全的年轻人，慈祥而憨厚地笑了，说："写，肯定写的。"说罢，又想到我坐在旁边，估计因为没有给我写过字，就又玩笑着对我说："你结婚了，也给你写。"

我一听乐了，这明显是贾平凹老师逗我玩的，大家皆笑。

在闲谈中，茶已喝罢。贾平凹问我："还有啥事没？没啥事了，你先走吧，我上楼给他们写字去。"我说："没啥事了，就是还有几个朋友想请您给签几本书！"他说："来，我现在就给签，签了好上楼。"我拿出所带的几本《山本》，他用粗签字笔很快给签了。对于贾平凹来说，时间是珍贵的，会见来人，总是要耽误时间的，他照着我递的人名一本本认真地给签了。这次，我也顺便给我自己签了一本，这么多年来，见贾平凹的次数不少，也请他给别人签过名，但是总没有一本真正让他给我签名的书，总觉得有机会见面，可见面的时候没书，书在手边的时候，又没能见到他，所以这次也给自己郑重地签了一本。

签了书，我拿上包准备离开，贾平凹却提了一盒粽子非要让我带上，我说："我不拿，给您带的茶叶您都没有要，还让我从您这儿带东西走，我不好意思哟！"他说："没事，我让你带你就带么！"然后又转向那个中年男士："这是你刚带来的，给我了，就是我的哟！"那位中年男士便笑："嗯，是的，由您做主。"贾平凹硬将粽子塞到了我的手上，将我送出了门，为我按下了电梯。我说："贾老师，真不好意思，我都没给您带粽子来，还从您这里拿粽子！"贾平凹说："我这粽子多，吃不完，不用带，将这拿回家，端午节家里人一起吃。"我说："那我替我家人谢谢您啦！"电梯门开，我下楼，心里一直暖暖的，似乎带走的不是一盒粽子，而是老师和领导亲人般的温暖和关怀。

盒子很大，还兼着一个木质的提把，一向节俭的我，没有坐出租车，依然带着大粽子盒子挤上了公交车。见我拿有东西，车上的人纷纷给让开了一条道，并有一个人暗示，让我将东西放在他的脚下，庆幸出门总能遇见好人，有地方放东西，坐公交，便也不怎么辛苦。不一会儿，那人下车，示意我在他的座位上坐下。今天出行是满满的愉快，当然，最高兴的，还是贾平凹送的那一盒粽子。平时买的粽子都是市场里的商品，而从贾平凹的家里带出来的粽子，似乎便有了一种书香之气和暖暖的人情味在里面。

到家时，已是傍晚，海还没回来，我并不觉得饿，吃了些水果，便坐在沙发上看电视，等海回家，一边等，一边想，有人总说贾平凹小气，其实，真正的贾平凹是一个很平常的人，他不似人们说的那么高大，也并不古怪和小气，他是一个实实在在生活中的朋友和老师。他是我们省作协的主席和中国作协的副主席，但是他并不端着什么架子，与他相处，总觉得他是温和的，敦厚的。他愿意见的，都是拿了当客人和朋友的。迎进门，走时，又亲自按电梯，看着来人进电梯下楼，这是一种礼数和修养，也是一种为人的境界。他有他的处世原则，严谨又不失敦厚，看似憨厚却又有趣可爱，看似孤绝，却又如山中高士，不盲目承诺，不盲目顺从，但也不绝对拒人于千里之外，在真正需要他支持的时候，他又有着一个老师和领导的担当和豁达，这让人不由得对他敬从心生。

海回来，我对他说："贾平凹送了我一盒粽子，让我们端午节吃。"起初他还不相信，反复地问："真的呀？"我说："当然是真的，我还能骗你吗？"他将信将疑，待打开了盒子，发现里面有一瓶红酒，还有一盒绿豆糕，最下层的绿袋子里装着一袋粽子。仔细看了之后，他才感叹了一句："贾平凹人还不错嘛！"我说："是呀，我也没有想到，他还会送我粽子，咱们请人办事，人家还送咱东西。给他拿的茶叶他也没要，说他那儿的好茶多得很，让留着给你喝，我将带去的茶叶又带回来了。人家只留了一点儿杏，还被我们一伙人当场吃掉了。"此前，海是见过贾平凹的，他说："这人名气大，却不拿啥架子，也算难得。"见他合上盖子，我对他说：“这盒粽子，咱不送人，自己家人吃！”他说：“好，那就端午节吃。”

本来计划端午节在西安过，可柞水读书会和端午诗会有一些工作没有准备就绪，我不得不留在柞水过端午节，海觉得我不在家，他们也就没有吃这盒粽子，而将这盒粽子留着等我回西安一起吃。端午节过后的周末，又恰逢父亲节，我说：“既然那盒粽子没有吃，里面还有红酒和绿豆糕，我们就在父亲节和爸爸姐姐他们一起吃吧。”海说：“好！”

父亲节是周日，我们早早来到了公公的家。几年来，公公一直在姑姐的家中居住，公公和已经上班的孙子在一起生活，海闲暇了去照看照看，而我因为在柞水工作，两地奔忙，照顾不便，一般情况下也就周末去看看，帮忙做做家务，尽一个儿媳妇的孝心。

我们到时，公公刚刚起床，正在漱洗，见我们来了，诧异地说：“过来得早哇！”我们说：“今天是父亲节，早点儿过来，陪您过节！”我收拾屋子，海就出去买菜，姑姐和她的儿子儿媳妇中午也会一起过来。一般情况下，年节的时候，姑姐都会和我们一起过，姐夫的父母都去世了，因此，多数节令中，姐夫也会同我们一起过。姐夫是大学老师，是一个修养极好的男士，他的面面俱到和周全，有时常常令我们自愧不如。姑姐多才多艺，姐夫博学而健谈，年节的时候，他们的参与总会给公公和我们带来很多快乐。

十一点的时候，人都到齐了，我将菜端上桌，说：“今天还有一个特殊的东西上桌。”大家都好奇地问：“什么？”我说：“粽子。”大家都说：“端午节都过了，吃什么粽子呀？”公公说：“小徐的这盒粽子可不一般，是著名作家贾平凹赠的，让小徐带回来给我们吃。”说到贾平凹，姑姐和姑夫都知道，他们是大学老师，在一般人眼里，也是高知了，见是贾平凹给的粽子，也颇好奇，就说："那端上来吧。"姑姐还说："尝尝，看看大文豪的粽子有什么不一样？"

我将加热的粽子拿上桌，又取出了红酒和绿豆糕，说："这是粽子里带的，今天是父亲节，我们一起将它们解决了吧。"然后将绿豆糕给大家一人分了一块，大家一边吃着，一边说着关于贾平凹的各种话题。姑姐和姐夫没有和贾平凹近距离接触过，但是他们都很敬重他，说他是一个低调的作家，除了开会，很少在外面参加社交活动。

一个作家，就应该以作品说话，作品才是作家的名片、作家的招牌。文坛也不应该是娱乐场和名利场，而应该是真正实力派作家的文学阵地。

粽子有肉馅的，有蛋黄馅的，有蜜枣馅的，甜的咸的荤的素的都有。粽子都是一样的粽子，但是因为不同的人、不同的时间和场合，又赋予它不一样的内涵。或许，一般人的粽子，也就是个吃物，而贾平凹的粽子，就被赋予了书香之气。姑姐还对儿媳妇说："来，给咱小米粒也吃一点儿，让咱米粒长大了也会念书，写文章！"姑姐向来是一个风趣的人，闻此言，大家皆乐。

倒上红酒，众人一起举杯，祝公公节日快乐，健康长寿！一杯酒下肚，公公的脸色便潮红起来，说："今天要感谢贾平凹，是他让我们全家过了一个与众不同的父亲节。希望年轻人和小朋友都好好念书，希望小徐好好写作，像贾平凹一样，写出一些好作品，以不负作家之名。"对于公公的希望，我唯有应承，却不敢保证自己能写出什么像样的作品，对于写作，是真心的喜欢，那么且尽力吧！

因为在我身边有贾平凹这样一座文学的高山，有榜样在那儿，总归是一种感召和动力，让人觉得能用文字抒写人生，也是一件风雅和意趣无穷的事！

粽子吃完了，但那盒粽子带给我们的愉悦却久久留在我和家人之间。因为这盒沾染着文学色彩的粽子，让我和家人一起过了一个书香满满的父亲节，对于贾平凹，唯有祝愿，祝愿笔丰，佳作不断！

（原文刊载于2024年《安徽文学》杂志第6期）

后记：恋恋一座山

不知不觉，离开牛背梁已经十年了。走了的是我的人，走不了的是那一颗恋着牛背梁的心。

对于一般人来说，离开也就离开了，因为人生就像坐车一样，总是一程接着一程。这是很自然的事情，不可能一辆车坐到底。一辆车坐到底，终究是一件乏味的事情。

可于我来说，不一样。在我心里，牛背梁不仅是一座山，一个景区，它就像是我成长的摇篮，见证着我人生许多许多的经历。

记得，第一次知道牛背梁，是镇柞两县文友联谊采风。2008 年的夏天，接到县文联关于去牛背梁采风的通知。我有些好奇，说真的，这是我第一次参加采风，以前常常听说艺术家采风，作家采风，但终不知采风会是一种什么样的活动，这样的活动又能带给人什么样的感受和经历？带着那份好奇，带着那份向往，我如期而至。

2007 年，牛背梁开始开发建设。我去的时候，牛背梁正处在建设初期，没有公路，亦没有桥，只有一条弯弯曲曲蜿蜒蛇行的山路，草齐腿深。彼时，只有拨着路边的草前行，我们沿着这样的山路踏进了牛背梁。那一天，我至今印象深刻，天降细雨，继而暴雨，转而晴朗，一日之间，让我们感受到了牛背梁天气的变化，我们穿着被雨淋湿的衣服攀登着，心中并不懊恼，相反，却很快乐。于我尤甚，第一次参加这么多人的活动，第一次以文学的名义参加采风，第一次完全用脚去征服一座山。

回来后，我写了一篇散文《走进牛背梁》，又写了一首诗《相约夏天》。我觉得，在文学的路上，我不再是孤身一人，有这么多的文朋诗友，有这么多的同道中人，有这么多和我一样热爱文学并为之虔诚追寻的人，我是那么开心，那么快乐，那么兴奋，又是那么热血澎湃。

最最让我感动的是，那一天县里的主要领导都参加了活动，领导一起点燃了篝火，夜空下篝火熊熊燃烧，我的心也被燃烧的火焰点燃。彼时，在我眼中，面前的篝火已不再是普通意义上的篝火，它已经幻化为文学的圣火，它照亮的不仅是黑暗的夜空，更是我那颗曾经茫然无措的心。

也就是从那一天起，坚定了我对于文学的信心。

第二次走进牛背梁，是在2009年的国庆节，省市作家走进牛背梁采风，一者为牛背梁前期开园做宣传，二者为文化交流与构想，我再次有幸入列。

没想到的是，再逢大雨，但活动依旧如期进行。

我纳闷儿，为什么每上牛背梁，必下雨？是牛背梁的雨太稠，还是老天故意而为，让我们每次都有刻骨铭心的体验？现在想来，可能是后者。在当时，我只有疑惑的份儿。

那天的牛背梁，对所有的人来说都回味悠长。天降大雨，浓雾缭绕，玉白满山，十步之外不见人，走着走着，便有一种独身世外之感，你看不见别人，别人亦看不见你，大家都在云雾缥缈之中，如在仙境瑶池，又如云中神游，蓦然相撞，犹如捡到了丢失的宝贝一样欢喜，相互用满是惊喜的眼光打量着，谁也没少点儿什么，只是脸上多了许多成串的水珠。

这样的一天，除非集体活动，否则少有人有勇气如此冒雨登山。而恰恰是在常人所不为之时，我们观赏到了牛背梁最美、最鲜为人知的雨中胜景。

再次走进牛背梁，是以牛背梁管委会工作人员的身份。能够来到牛背梁工作，也是因为我的写作，县政府鉴于我为柞水写了大量的文学作品，宣传了柞水，于是在全县旅游工作会议上，时任县委书记刘荣贤提名将我借调至牛背梁，为牛背梁的前期开园做包装宣传，于是，我成了牛背梁的一名工作人员。

2010年的春天，我正式来到牛背梁上班。8月，牛背梁正式开园。可以想见，我来牛背梁的心情是感恩、喜悦并激动的，感恩文学，感恩我们的政府，感恩在文学路上扶我前行的人。我在心里暗暗下了决心，一定要好好工作，一定要多为牛背梁做宣传，一定不辜负众位领导的关心与扶持，一定要用自己的实际行动回报组织给予我的礼遇。我是这么想的，也是这么做的。我用自己的实际行动诠释了一个文化人对于牛背梁的深情与挚爱，三年时间，我为牛背梁发文六十余篇。在牛背梁国家森林公园开园之际，我写下了散文《牛背梁上望长安》刊发在《西安日报》，后获全国旅游散文二等奖，并被陕西人民艺术剧院的蒋瑞征老师选用，制作成配乐散文朗诵在网上传播，同时入选初中语文试题，入选《最经典游记美文》，入编我的第二本散文集《生命是一朵盛开的莲花》。我不知道我的努力能起到什么作用，但是，我只想为牛背梁做事，用一颗拳拳赤子之心，尽一个文化人的职责，尽一个工作人员的本分。

2010年的8月19日，牛背梁开园了。那一天，依然下雨。在雨中，成千上万只蝴蝶翩翩起舞，牛背梁立时变成了一片蝴蝶的海洋。那一时刻，仿佛来到了传说的蝴蝶谷，那数不清的蝴蝶围绕着你，在你的头顶，在你的眼前，在你周身所有的空间里，翩跹环绕，让你犹入幻境，犹进仙境。它们飞累了，就落在树上，落在山石上，落在游人的衣帽上，毫不客气，真可谓“人在山中行，蝴蝶肩上停”，这是人与自然相处最好的状态。那些蝴蝶，自那一日起，便栖居在了牛背梁，融入了牛背梁众多的生灵当中，成为牛背梁的万千生物的一部分。

在景区工作，让我得以有很多的机会走进牛背梁。忙完工作，我就去牛背梁漫步，过小桥，涉小溪，感受香花阵阵，聆听鸟语虫鸣。很多文友都很羡慕我，说："你的工作好啊，天天生活在风景里，赏心悦目，心旷神怡，好惬意！"是啊，在牛背梁的日子，给了我很多的写作素材，也激发了我很多创作灵感，它让我想起《瓦尔登湖》的作者梭罗，一个人生活在人迹罕至的瓦尔登湖，从而写出了闻名世界的文学著作，是瓦尔登湖特殊的环境让梭罗有了那么多超出生活之外的灵感与思维，让他写出了风格完全迥异的游记随笔。

来牛背梁的时候，没想到会走，临到要走的时候，却有着千般的不舍，不舍的是在牛背梁所有的记忆。在牛背梁的日子里，牛背梁的每一项工作，我都亲历着。在无数个与牛背梁息息相关的日子，我把自己彻彻底底地变成了一个牛背梁人，与它同呼吸，共命运，那份深情，只有我懂。我在这里起步，我在这里成长，我从一个文学爱好者变成了一个名副其实的作家，这一切，牛背梁通通见证着。我的欢喜，我的收获，还有我的悲伤，它都尽收眼底，它给了我此生最难以忘怀的经历和记忆。

2013 年 5 月，我离开了牛背梁。当初得知要离开的消息时，我心里猛地一震，突然觉得一下子失去了很多的东西，失去的是什么，只有我心里明白，是我对它的深情，对它的感恩，还有对它的万千不舍。我知道，虽然我人离开了，但留下的是三年来对牛背梁千丝万缕的深情。

如今，我依然关注着它的一切，见到与它相关的消息，我都要看一看，在微信上和网站上看到它的消息，我都会转一转。逢到有人问我牛背梁怎么样，我就尽我的所能将牛背梁全面地给他们介绍一番，以使他们能够尽可能详尽地了解牛背梁的方方面面。虽然我是一个离开的牛背梁人，但我依然希望有更多的人了解牛背梁，喜欢上牛背梁，恋上牛背梁。

不管时隔多少年，牛背梁在我心中都是一个长久的牵绊，我无法将它忘却，我们终将结缘一生。

思想是一个奇妙的东西，有些东西注定不会忘却，有些记忆注定会相伴一生！

此为后记！

徐祯霞出版的图书

散文集《烟雨中的美丽》（广西美术出版社）

散文集《生命是一朵盛开的莲花》（西安出版社）

散文集《月照长河》（中国经济出版社）

散文集《山中日月光》（江西高校出版社）

散文集《梅花语》（中国画报出版社）

长篇散文《云端上的故乡》（中国画报出版社）

诗集《春天的声音》（天津人民出版社）

散文集《牛背梁上望长安》（中国画报出版社）